糟糕壞寵物

淚汪汪

THE WORLD'S WORST PETS

大衛‧威廉（David Walliams）著

亞當‧史托瓦（Adam Stower）繪

高子梅 譯

晨星出版

David Walliams

大衛‧威廉幽默成長小說

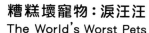

—— 蘋果文庫 145 ——

糟糕壞寵物：淚汪汪
The World's Worst Pets

作者：大衛·威廉（David Walliams）
繪者：亞當·史托瓦（Adam Stower）
譯者：高子梅

責任編輯：謝宜真 ｜ 文字校對：謝宜真、呂昀慶
封面設計：鐘文君 ｜ 美術編輯：鐘文君

創辦人：陳銘民 ｜ 發行所：晨星出版有限公司
行政院新聞局局版台業字第 2500 號 ｜ 法律顧問：陳思成律師
地址：台中市 407 工業 30 路 1 號 ｜ TEL：（04）23595820 ｜ FAX：（04）23550581
總經銷：知己圖書股份有限公司 ｜ 地址：台北市 106 辛亥路一段 30 號 9 樓
TEL：（02）23672044／（04）23595819#212 ｜ FAX：（02）23635741／（04）23595493

讀者專用信箱：service@morningstar.com.tw
晨星網路書店：http://www.morningstar.com.tw
郵政劃撥：15060393（知己圖書股份有限公司）
出版日期：2023 年 03 月 15 日

印刷：上好印刷股份有限公司
定價：新台幣 350 元

ISBN：978-626-320-393-8
CIP：873.596 112001133

線上填寫回函，立即獲得
50 元購書金。

大衛・威廉

亞當・史托瓦

謹獻給蕾拉(Lyla)、拉菲(Raffy)、
和克莉歐(Cleo)

愛你們的大衛

謹獻給艾蜜莉(Emily)
和伊莎貝兒(Isabel)

愛你們的 A. S.

謝謝犬家

我想要謝謝這群動物迷,是他們協助我完成了這本書⋯⋯

我的插畫師 **Adam Stower**,他很想當一頭熊,因為他喜歡牠們整個冬天在林子裡笨手笨腳走動、吃蜂蜜和打盹所發出的各種聲響。

執行出版人 **Ann-Janine Murtagh** 最想當一頭老虎───而且是野生的,因為牠稀有、漂亮、敏捷、聰明,雖然牠顯然不是最適合當寵物的動物。

出版社 **HarperCollins** 執行長 **Charlie Redmayne** 想當一隻貓,因為牠們整天都在睡覺,而且整個世界總是繞著牠們轉。

我的文學經紀人 **Paul Stevens** 想當一頭北極熊,因為牠們的力與美總是令他深深著迷。

我的編輯 **Nick Lake** 想當一隻八腳章魚,這樣一來,他就能同時閱讀、工作,還有陪他的小孩玩了。事實上,他可能會用那八隻腳一次吃下八根巧克力棒。

我的藝術編輯 **Kate Burns** 最想當她自己養的博克犬。牠每天只會四處遊蕩、找人白吃白喝,頂多忍受別人的抱抱,看起來應該是最棒的生活方式。也是她心之嚮往的目標。

我的出版經理 **Samantha Stewart** 最想成為一隻角鷹,顯然是因為會飛行的關係,除此之外,也因為牠們凶猛到沒有編輯敢跟牠們爭論字母大小寫或要不要加句點的問題⋯⋯

創意總監 Val Brathwaite 想當一隻兔子，因為牠們高度聰明，非常擅長社交，而且很親人。她的第一隻寵物就是一隻兔子，活到了十一歲，非常長壽。

設計師 Kate Clarke 向來渴望當隻海豚。聰敏、優雅、好奇……這些特質都是她非常想要的。

設計師 Elorine Grant 想成為一頭獵豹，這樣她就可以四處追捕她的仇敵。

設計師 Matthew Kelly 想當一隻鴯鶓，這樣就可以整晚不用睡覺了。

設計師 Sally Griffin 有時候會幻想當一隻狗，這樣才能跟她的寵物雪納瑞犬好好聊個天。汪汪汪！

我的音效編輯 Tanya Hougham 想當一隻紅頂燕雀……因為她喜歡穿上色彩繽紛的衣裳，而且熱愛跳舞……就算要求她別跳她也照跳不誤。

行銷主任 Alex Cowan 會選擇當一隻紅鶴，因為牠們全身粉紅，而且堪稱一絕，還有一雙長腿，跟他一樣。（我指的是長腿，不是全身粉紅喔。）

我的公關總監 Geraldine Stroud 想當一頭母獅，因為她渴望當上叢林女王。

David Walliams

引言

　　大部分寵物都很可愛，讓人想要抱抱。他們會給你愛、讓你**開心**。你會抱抱牠們，摸摸牠們，甚至可能用鼻子搓揉牠們，但最好不要，因為牠們真的不喜歡那樣。

　　可是有些寵物會搞破壞，害你傷透腦筋，無比絕望。

　　這些都是我即將在這本書裡提到的寵物們。牠們可是比乖乖的寵物來得**有趣好玩多了。**

　　我們已經見過這世上的~~糟糕壞小孩~~、~~糟糕壞父母~~，甚至~~糟糕壞老師~~。

　　相信現在你一定準備好要來見見這些絕對**糟糕透頂**的……

糟糕壞寵物了！

David Walliams

目錄

金魚屁嗝

金魚屁嗝

很多很多年以前，在你出生的好幾十年前，海邊有一座被遺忘已久的城市，那裡有一道往海邊延展而去、破舊到**搖搖晃晃**的碼頭。碼頭的盡頭是一處露天遊樂場，老板是個壞脾氣的老頭，有著一張飽受風霜的臉，穿著破爛的帽子和外套。

金魚屁嗝

　　這不是一處公平交易的遊樂場，當地人都稱它是**黑心遊樂場**，因為**沒有人**在這裡贏過任何獎品。

　　你根本不可能：

　　打中桿子上的**椰子**，

　　把**足球**踢進洞裡，

　　或者釣到**玩具鴨**，贏得一條**金魚**。

　　而我們的故事就是從那一天開始。

　　「我釣到了！」一個穿著破舊鞋子的男孩跳上跳下地大聲喊道。他的名字叫李歐，他活到現在短短的歲月裡還從來沒有這麼**興奮過**。

攤位後面有個長得很像蜥蜴的男子呸掉叼在嘴上的香菸。

「你說什麼?」

「我釣到鴨子了!」

李歐真的釣到了。釣竿的尾端勾著一隻破舊的玩具鴨。

「你作弊!」攤子老闆齜牙低吼。

「沒有,我沒有作弊!」李歐反駁道。「我只是運氣好,不過我之前運氣**從來沒有**這麼好過!」

他渾然不知他即將要**倒大楣**了。

老闆嘴裡不停**嘟囔**又**嘟囔**,顯然以前從來沒人釣到他的鴨子過。

「老闆,不好意思,我可以拿**獎品**嗎?」李歐滿懷期待地微笑問道。

結果對方回以一臉奸笑。老傢伙**暗自竊笑**,將手伸進櫃臺底下,費了好一番功夫才掏出一條金魚。

我知道你現在在想什麼:一條金魚能有**多糟糕?**這可不是一條**普通**的金魚,而是有史以來**體型最大**的金魚,大到似乎比裝牠的圓形魚缸**還要大**。

金魚屁嗝

通常金魚是
這麼大。

但這條金魚
這麼大。

李歐隔著玻璃，**微笑**看著他的新寵物。
這隻生物有一雙凸眼和很大的**尖牙**。

牠憤怒地張大嘴巴，開始啃玻璃。

啃！啃！啃！

活像想把男孩吃掉一樣！

「一定要餵牠喔！」男子咯咯笑。

「看來我一定得餵牠才行！」

「這條魚非常非**常餓**。」

「牠都吃什麼？」

「**什麼都吃！哈哈哈！**」

李歐不確定這問題有什麼好笑。「牠有名字嗎？」

「屁嗝！」

「屁嗝？金魚叫這名字很奇怪耶。不管誰叫這名字都很奇怪。牠為什麼叫屁嗝？」

「喔！你以後就知道了！你會聽到⋯⋯**也會聞到！**」這男的再次**吃吃竊笑**地說道。

「我想我還是要謝謝你。」李歐抱著魚缸一邊說著，一邊搖搖晃晃地走遠。缸裡的水潑灑得到處都是，屁嗝跳出水面，張嘴空咬空氣。

咬！咬！咬！

金魚屁嗝

「李歐！不可以！你帶這麼**醜**的東西回來幹什麼？」比緹姑媽大聲吼道。比緹在海邊經營著一家民宿——**比緹的床與早餐**[1]。事實上沒有人住在比緹的民宿裡。因為這位女士就像**噴火龍**一樣，經常朝著她的客人**發火**。

現在唯一的客人只剩這個倒楣的侄子。哦，還有比緹養的一隻很可怕的貓，名字叫**嗑多**，等一下就會提到牠了。

可憐的李歐很不幸地每年夏天都被送到這裡跟可怕的姑媽住在一起。

1　不含早餐。

　　「對不起，比緹姑媽，這是我在**遊樂場**贏到的獎品！」李歐回答，同時自豪地舉起魚缸。「我想我只是**運氣好**。」

　　這位女士湊近，將鼻子抵住魚缸玻璃，盯著金魚看，鼻子上的油沾到了玻璃上。屁嗝開始隔著玻璃狂咬。

ㄎ　ㄎ　ㄎ
ㄠ　ㄠ　ㄠ

　　「你看牠那德性，一臉**衰相**！」她說道，同時猛敲玻璃。「牠到底是什麼東西啊？」

　　「牠是金魚！」

　　「這**大怪獸**是金魚？」

金魚屁嗝

「屁嗝很特別。」

「**屁嗝**?」她大聲喊道。

「對,牠名字叫屁嗝。」

「以一條魚而言這名字也太蠢了!我要把牠倒進馬桶沖掉!」她一邊說一邊快手快腳地拿走魚缸。

「**不要!**」李歐大叫。

屁嗝八成知道她想幹嘛,突然跳起來要**咬**比緹的鼻子。

嘎!

牠沒咬到,又跌進魚缸裡。

嗶啦!

「這麼說好了,萬一嗑多把你的魚**一口吞**了怎麼辦!這種倒楣事總是發生會在你身上!我可不想到時你大哭大叫地把眼淚噴在我那**名貴的地毯**上!嗑多!」

比緹姑媽養的那隻可怕的貓從暗處裡蛇行出來,跳上牠主人的肩膀。

「我的小乖乖,毛茸茸的小天使!」她一邊說一邊搔著這隻邪惡動物的下巴。「嗑多,你看這裡有什麼!是好吃的**東東喔**!」

這隻貓瞪大眼睛隔著玻璃看，亮出尖牙，舔了舔嘴巴。

「嘶！」

「屁嘔可以跟我一起待在地下室裡！」李歐說道。「我會把門關上，不讓嗑多進去！」

貓伸出腳爪，朝魚缸揮了過去，鋒利的爪子碰到了玻璃魚缸。

叮！咚！噹！

屁嘔在玻璃的另一頭張大嘴巴，亮出**尖牙**。

齜！

這隻貓嚇得趕緊跳到比緹姑媽頭上。

「喵！」

金魚屁嗝

嗑多的爪子慌張地扒著姑媽的眉毛，想要站穩。

「嘶！」貓嘶聲叫道。

「快拿走！不要再讓那條邪惡的魚出現在我眼前！」比緹姑媽大喊道。「牠好大的膽子，竟敢嚇到我可愛的小嗑多！」她又說道，同時把魚缸丟還給男孩。

「比緹姑媽，對不起！」

李歐跑下樓梯，跑到民宿深處的小地下室。一如他向來不好的**運氣**，這裡是他目前為止在這住過最爛的一間房。他趕緊關上門，免得貓跑進來。

他把魚缸放在桌上，手指伸進水裡，想摸摸他的寵物。

「嘿，小屁嗝！嘿，小魚兒！」

牠立刻咬住他的手指。

咬！

「咿呀！」李歐尖叫。

屁嗝不肯鬆口。

相反地，尖牙深深咬進李歐的手指裡。

碼頭盡頭的那個傢伙說得沒錯，這條魚非常餓！

「咿呀！」李歐又尖叫了一次，但沒什麼用。

他在地下室裡跑來跑去，用力甩手，想要甩掉牠。

但是他甩得愈用力，屁嗝就**咬得愈緊**。

「咿呀！」

李歐在床上不停彈跳。

蹦！　蹦！　蹦！

金魚屁嗝

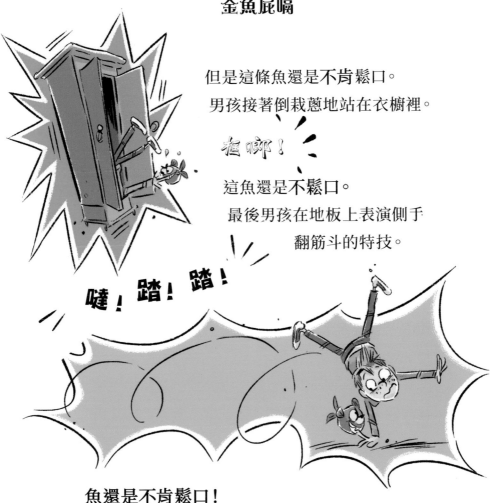

但是這條魚還是**不肯**鬆口。

男孩接著倒栽蔥地站在衣櫥裡。

框唧！

這魚還是不鬆口。

最後男孩在地板上表演側手
翻筋斗的特技。

嗒！踏！踏！

魚還是不肯鬆口！

李歐必須盡快找到食物才行。於是他就這樣手指夾著

大怪魚，衝出地下室。慌亂中，他竟然忘了關上門！

這下慘了！

男孩衝上那道通往廚房的陡峭樓梯。

金魚吃什麼呢？他一邊打開冰箱門，一邊想道。

浮游生物？冰箱裡沒有。

蝌蚪？沒有。一隻也沒有！

海藻？冰箱後面長了一些綠綠黏黏的東西，但李歐確信那些只不過是**黴菌**。

李歐的眼睛還沒搜索完所有架子，金魚就突然張嘴放掉他的手指，**啪**地跳進一碗鮮奶油鬆糕裡！

啪搭！

啊嗚啊嗚！

鮮奶油鬆糕是比緹姑媽最愛吃的甜食。她會把一整碗當早餐吃掉！

金魚在玻璃碗裡拍來滾去，現在的體積至少比之前大了**兩倍**，肚子就像足球一樣**圓圓滾滾**。這也難怪，因為牠把鮮奶油鬆糕全吃進肚裡了。接著牠發出了巨大的聲響，聽起來就像一個完全不會吹低音大喇叭的人正在吹低音大喇叭一樣。

噗嗝！

李歐立刻明白他正在目睹
這世上最稀奇的現象。

傳說中的「屁嗝」！

屁嗝就是放屁和打嗝分秒不差地**同時發生**。

李歐一直以為屁嗝這件事是傳奇故事，是古老
的神話，是兒童遊樂場上的**神鬼傳說**。但都不是。
原來屁嗝是真的。

難怪屁嗝名字叫做「屁嗝」。屁嗝是一條會打
屁嗝的魚！

如果說它聽起來很**不悅耳**，那它聞起來就
更嚇人了。

李歐開始呼吸困難，淚流滿面。

比緹的床與早餐民宿的壁紙甚至開始從
牆上剝落！

啪啦！啪啦！

李歐覺得自己快要昏過去！於是趕緊拿
起那只碗，衝進地下室，這時，他才發現
剛剛他沒關門！

完了！

　　李歐掃視房間尋找比緹姑媽那隻可怕寵物貓的蹤影，但遍尋不著。

　　「嗑多？**嗑多？**」他喊道，完全沒有回應。就連微弱的喵聲都沒有。

　　李歐只好用力關上門……

砰！

　　再把他的魚倒回魚缸裡。當牠騰空掉下去的時候，屁嗝又打屁嗝了。

噗嗝！

　　這條魚屁嗝的**後座力**大到讓牠就像火箭一樣衝進自己的魚缸裡。

嘩啦啦！

金魚屁嗝

李歐低頭看著這隻棘手的寵物。牠竟也抬頭看著他，而且還張大嘴巴，準備跳起來開咬。

「嗄吱！嗄吱！嗄吱！」— 金魚張合著牠的大嘴。

牠的咀嚼聲只代表一件事。屁嗝又需要進食了！

「屁嗝！你才剛吃了一整塊鮮奶油鬆糕！」李歐大聲說道。

但牠只嚼了一聲：「嗄吱！」

「可是我沒有食物了！」

屁嗝的目光移向架子上的餅乾罐。這一整個夏天，李歐都是靠著他爸媽寄來的那些餅乾罐為生。

「不好意思，屁嗝，」李歐說道，「我上星期就把餅乾吃完了！」

牠又咬了一聲。「嗄吱！」

「等一下！」他跑到床鋪那裡。「我吃東西時，會把屑屑掉得到處都是。你運氣好的話，搞不好還有剩喔！」

李歐一把掀開床單，床墊上鋪了滿滿一層餅乾屑，多到他可以再做出一塊新的餅乾！他先把手指沾濕，再將餅乾屑一小塊一小塊地揀起來。

接下來，他用他那雙汗濕的手掌將所有餅乾屑擠捏成團，同時喊道：「屁嗝，你的飯後點心就要好了！」

然而，他聽見身後傳來震耳欲聾的 咀嚼聲！

李歐連忙轉身，衝向魚缸，以為會看到金魚被貓生吞了。結果當李歐低頭看著水面時，才發現完全相反！屁嗝咳出了一坨毛球！

一坨薑黃色的毛球！

「慘了！」

然後這條金魚還做了一件李歐從沒在魚身上看過的事情。牠笑了。但不是友善的笑容，而是邪惡的笑容。

李歐驚恐地倒吸口氣！牠不是普通的金魚，牠是怪物！

他到底要怎麼跟他的比緹姑媽說呢？先是她的**鮮奶油鬆糕**被吃光，現在她的**貓**也被吃掉了！

肚子裡塞了一隻貓的牠，如今的體積比魚缸還大，只有頭塞進魚缸裡，屁股正朝著李歐的方向放了個屁。

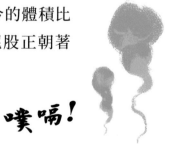

噗嗝！

金魚屁嗝

他絕望地抱著魚缸，飛快地爬上五層樓，因為那裡才有整棟民宿唯一一座浴缸。李歐衝進浴室，轉開水龍頭，盡快把浴缸放滿水。

呼啾！

等到浴缸裡的水夠滿了以後，他就把那條棘手的寵物魚倒進牠的新家裡。

嘩啦啦！

巨大的金魚在水裡嬉游了一會兒，水花四濺，似乎很滿意。牠在水裡上下跳躍，就像在表演一樣。

嘩啦！

嘩啦！

嘩啦！

然而這時……

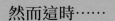

牠竟把比緹姑媽的一塊香皂吞了，然後開始口吐泡泡！

咕嚕！咕嚕！咕嚕！

「噗嗝！噗嗝！噗嗝！」這隻怪獸的頭尾兩邊都

正在冒出泡泡。

沒多久，浴室就陷入一場泡泡之亂了。

「完蛋了！」李歐喊道。

「怎麼那麼吵啊？」樓下有個聲音在質問。

「比緹姑媽，我只是在幫妳放洗澡水！」李歐喊道。

ㄒㄨˊ
ㄢˋ ！ ㄆㄢ

「喔完了！完了！完了！」李歐大聲叫道。

這隻怪物又要吃東西了！

李歐跑出浴室，衝下樓梯。他迫切需要找到其他東西
來餵他那條飢腸轆轆的寵物魚。但是樓梯才下到一半，
就直接撞上比緹姑媽。

砰！

「噢！」她叫道。

「對不起，比緹姑媽！」

她的臉氣到漲成**紫紅色**，和她那一身紅褐色
睡袍和毛茸茸拖鞋很不搭。

「你這白痴！走路不會看路啊！」她吼道。

「對不起！」

「不要再說對不起！」

「對不起，哦，說錯了，對不起！」李歐**慌慌張張**地說道。

「你剛有看到嗑多嗎？」

「剛剛沒看到。」李歐回答，算是只撒了一半的謊。

「我到處都找不到我的**小可愛**！」

「我會幫妳留意的！」男孩說道。「**我得走了！**」

話說完，他就衝進樓下的廚房，但才打開食品櫃的門要找食物，一個可怕的念頭突然閃過他腦海。比緹姑媽要去泡澡！

「不不不不不不不不不！」李歐大叫，同時衝出廚房，跑上樓梯。「**比緹姑媽！不要去泡澡！**」

她正站在浴室門口。

「你憑什麼不准我泡啊！一直都是我先泡澡的！等我泡完，冷掉的髒水再給你用！」她大聲吼道，同時當著他的面甩上浴室門。

框咚！

「拜託妳開門！」李歐捶著門懇求道。

砰！砰！砰！

「滾開！」

「不管妳要做什麼，都不要踏進那個……」

但李歐還沒說完「浴缸」這兩個字，就聽見尖叫聲。

「啊啊**啊**啊啊啊**啊**啊啊！」

然後是水花四濺的聲音。

金魚屁嗝

李歐用身體撞門，隨即撞斷了鉸鏈。

砰隆！

浴室門**砰**地一聲倒在地上。

李歐放聲大喊：「**比緹姑媽！**」

可是來不及了，她已經不見蹤影，只剩下一雙毛茸茸的拖鞋浮在洗澡水上面。

水裡傳來低沉的**隆隆聲響**，金魚的背鰭像鯊魚鰭一樣划過水面。

噗嗝！

「好吧，比緹姑媽，至少妳能再見到嗑多了，這也還不錯吧！」李歐說道，試圖讓自己的語氣聽起來**正面**一點。「畢竟妳真的很愛那隻貓！」

沒有回應。

現在李歐的問題是他到底要怎麼處置這條體積等同於一輛雙層巴士的金魚。因為牠已經吃了一整塊鮮奶油鬆糕、**一隻貓和一個姑媽**。他的寵物現在比浴缸**還要龐大！**他根本不可能把牠舉起來。

還好李歐想到一個絕妙的點子。**叮！**

開始在水裡游，一路游到前門。

他回頭看見巨大的寵物魚正在

對著他的腳踝空咬。

哎！哎！哎！

如果他能不被吃掉的話，這一招

或許管用！

李歐拉開前門。

水牆嘩啦嘩啦

嘩啦啦啦啦啦啦啦啦啦啦啦啦啦啦啦啦啦啦啦！

可以讓造條魚自己游進海裡。

於是男孩在民宿裡面跑來跑去，把每個水槽都用塞子塞住，再打開每個水龍頭。

呼嚕！呼嚕！呼嚕！

比纜的床與早餐民宿開始淹水。

嘩啦！嘩嘩！嘩啦！

水位愈來愈高，沒多久民宿就變得像是一艘沉船。水位淹到了浴缸那裡，屁嚕很輕易地從浴缸裡游了出來。

李歐一看到牠游出來，便知道是時候了，他潛進水裡……

噗通！

大水像海嘯一樣沖進路面。

咻咻咻咻咻咻咻咻咻！

水流將李歐和屁嗝往海岸的方向捲了出去，巨大的
金魚沿路張開大嘴，生吞所有東西。

嘎吱！嘎吱！嘎吱！

郵筒！　　　　　警車！　連冰淇淋車都吞下肚！

噗嗝！　　噗嗝！　　　噗嗝！

屁嗝的屁嗝聲大到整座臨海小鎮都為之震動。

噗噗噗噗噗噗嗝嗝嗝嗝嗝嗝！

一陣搖晃！

大水將屁嗝（現在體積比一艘飛艇還大）沿著海岸掃向碼頭。

唰！唰！唰！

屁嗝大口吞掉棉花糖機器和裡頭所有的棉花糖。

嘎吱！

「屁嗝！」

接下來屁嗝吞掉了旋轉木馬上的所有木馬。

嘎吱！嘎吱！嘎吱！

噗嗝！噗嗝！噗嗝！

黑心遊樂場

然後又吃掉了整個大轉盤。

嗝咦！噗嗝！

現在屁嗝的體積已經跟**鯨魚**一樣大！大水接著沖向海灘，這條金魚在碼頭盡頭猛地停住。

呼啉！

腐爛的木板被牠的重量壓得嘎吱作響。

嘎吱——

屁嗝現在已經變得非常**巨大**，那位釣鴨子攤位的老闆完全被覆蓋在牠的影子底下。

「不好意思！」李歐大聲說道。

「不行，我不接受**退貨！**」那男的大吼。

「我警告過你牠很餓！」

但是李歐還沒來得及回答，金魚就吞掉了所有塑膠玩具鴨……

卡滋！

和整座攤子……

卡滋！

也吞掉了那個老板！

卡滋！

「啊！」

接著屁嗝放出牠有史以來最響的屁嗝。

噗嗝！

那聲音**如雷貫耳**，大到整座碼頭開始搖晃。

轟隆隆！

碼頭木板被牠的重量壓垮。

劈！啪！碰！

整座碼頭開始瓦解，掉落進海裡，
屁嗝也隨之落海。

李歐拚命逃生，趁螺旋滑梯沉下去之前，設法攀住它的頂端。

呼咻！——

金魚一沉進水裡，便開始繞著螺旋滑梯打轉。

李歐感覺自己的**末日**就要到了，只能懇求這頭怪物饒他一命。

「求求你，屁嗝！我保證下次會買魚給你吃！」

他的寵物魚朝他的方向加速划過水面，張大嘴巴，打算將他整個**吞下去**。

李歐緊閉雙眼，
做好被吃掉的心理準備。

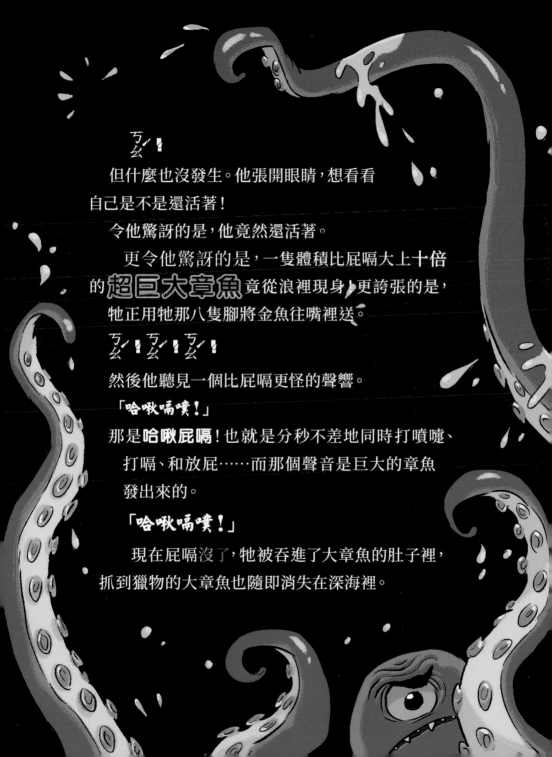

ㄎㄠ！

但什麼也沒發生。他張開眼睛，想看看
自己是不是還活著！

令他驚訝的是，他竟然還活著。

更令他驚訝的是，一隻體積比屁嗝大上十倍
的**超巨大章魚**竟從浪裡現身！更誇張的是，
牠正用牠那八隻腳將金魚往嘴裡送。

ㄎㄠ！ㄎㄠ！ㄎㄠ！

然後他聽見一個比屁嗝更怪的聲響。

「哈啾嗝噗！」

那是**哈啾屁嗝**！也就是分秒不差地同時打噴嚏、
打嗝、和放屁……而那個聲音是巨大的章魚
發出來的。

「哈啾嗝噗！」

現在屁嗝沒了，牠被吞進了大章魚的肚子裡，
抓到獵物的大章魚也隨即消失在深海裡。

噗通！

「喔，我真好運。」李歐說道。

的確，運氣真好。

倉鼠沙鼠大對決

倉鼠討厭沙鼠

沙鼠討厭倉鼠

倉鼠沙鼠大對決

　　倉鼠和**沙鼠**是這世上最棒的寵物。但是當你把牠們兩個放在一起的時候，就成了這世上最糟糕的寵物。

　　牠們會全面開戰！

　　就讓我跟你從頭說起……

倉鼠沙鼠大對決

　　很久很久以前，有一個可愛的小女孩叫做貝絲，她對倉鼠的愛已經到了嗜之如命的程度。她有倉鼠玩偶，牆上也貼著倉鼠海報。她有倉鼠拼圖，還有印著倉鼠的連帽針織衫。她甚至穿著倉鼠拖鞋，但不是用真的倉鼠製成的，那未免太殘忍了，哪怕只是書裡說說而已。

　　但貝絲並沒有一隻真正的倉鼠。

　　經過貝絲一而再，再而三地懇求之後，她媽媽才在她十歲生日時帶她去了當地的寵物店。女孩在那裡挑了一隻絕對是你所見過最可愛又**最毛茸茸**的倉鼠。牠有焦糖色的軟毛，還有一顆**最粉紅**、**最神氣**的鼻子。

　　她把牠取名為哈特利。倉鼠哈特利。

　　貝絲在她爸爸的協助下幫寵物蓋了一座可愛的籠子，裡面有木屑做成的窩，有衛生紙滾筒讓牠穿梭來去，有大滾輪讓牠在裡頭不停地跑，還有喝水的碗，甚至有一個小倉鼠屋讓牠睡覺。貝絲把籠子放在她床邊桌上。這樣她就能在哈特利快睡著的時候對著牠吹喇叭。

叭叭！叭叭！叭叭叭叭！

　　倉鼠會趕緊用爪子搗住耳朵直到她停止為止。

　　然後貝絲就會對牠說：「可愛的小哈特利，我愛你甚過於愛冰淇淋，我會永遠愛你。」

倉鼠沙鼠大對決

哈特利開心得咧嘴大笑。牠是這世上**最快樂**的倉鼠。

然而，某件事就要發生，即將粉碎這隻小嚙齒動物的美好生活，而且是永遠粉碎。

噹噹噹噹！噹噹噹噹！

幾個月過後的一天早上，貝絲在學校回家的路上經過**嚼嚼寵物店**，她在櫥窗裡瞄到一隻可愛的小動物。她覺得牠甚至比哈特利**更可愛**。牠看起來很像倉鼠，但是個頭比較小，尾巴比較長，還有一個**更挺翹、更神氣、**和**粉紅到爆**[2] 的鼻子。這隻小動物的毛色是奶油色。牠用後腿坐得筆直，兩隻又大又圓的眼睛直盯著貝絲看。

2　這是一個貨真價實的虛構字，你可以在全新修訂和更新過的**威廉大辭典**裡找到，這本字典可以在各地的折扣商品區裡頭買到。

　　貝絲想要走開，但就是沒辦法移動腳步。

　　「不好意思！」她走進店裡說道。

　　年紀已經很大的寵物店老板嚼嚼太太坐在一張凳子上，手裡抱著一隻像海灘球一樣大的天竺鼠，輕輕搓揉著牠。

　　「哈囉，貝絲，又見到妳了！」嚼嚼太太往空中丟了一顆狗零食讓天竺鼠張嘴接……

　　然後又丟了一顆到她自己的嘴裡。

　　「妳的小倉鼠還好嗎？」

嚼！

嚼！

　　「謝謝妳，牠很好。我只是對櫥窗裡那隻奶油色的小傢伙很好奇。」

　　「啊！是的，牠是個漂亮的小東西，今天才來的！」

　　「牠是倉鼠嗎？因為我在想也許牠可以跟我的哈特利當好朋友。」

　　「噢，不是，不是，牠是沙鼠。」

　　「哦！」

　　「沙鼠比倉鼠小，而且尾巴比較長。」

　　「我懂了，」貝絲對著那隻小動物說道，後者還在直盯著她。「這隻沙鼠可以跟我的倉鼠住在同一個籠子裡嗎？」

倉鼠沙鼠大對決

「不行，絕對不行！」嚼嚼太太大聲說道。「據說倉鼠和沙鼠天生是**死對頭**。」

「死對頭？」貝絲慌張說道。「這太誇張了。為什麼？」

「倉鼠和沙鼠都認為自己是**最可愛**的囓齒動物。」

「也許牠們兩個一樣**可愛**。」

「妳想買那隻沙鼠嗎？」嚼嚼太太問道。

「我今天不能買，」貝絲回答。「可是我的十一歲生日快到了，如果我好好地跟爸爸媽媽說的話……」

「那妳去跟他們說吧，我不會讓別人買走牠的。我會把小沙鼠留給妳。」

「**謝謝！**」

「坐得我的腿都麻了！」嚼嚼太太對著天竺鼠喊道，「走開！走開！走開！」

「吼吼吼！」天竺鼠低吼，牠跳了下去，*砰*地一聲落地。

貝絲蹦蹦跳跳地走出寵物店，再看了她那隻毛茸茸的新朋友最後一眼。她的臉抵住玻璃，對著沙鼠做出「我愛你」的嘴型。

可愛的小沙鼠露出微笑，親了一下玻璃。

姆嘛！

一瞬間就讓貝絲心花怒放。

現在她滿腦子想的都是沙鼠。日日夜夜，朝思暮想，**沙鼠！沙鼠！沙鼠！**

她一張一張撕下房間裡的倉鼠海報，牆上取而代之的是沙鼠的海報。

倉鼠沙鼠大對決

「什麼?」倉鼠哈特利喃喃自語。「為什麼?她到底為什麼要貼那些醜陋的囓齒動物海報呢?沙鼠是很討厭的小動物,以前是,**以後也是!**」

沒過多久,就不只是沙鼠海報了。貝絲開始穿沙鼠連帽針織衫、睡衣和拖鞋。整個房間立刻從**倉鼠**聖殿變成了**沙鼠**聖殿!

之前

之後

等到貝絲的十一歲生日終於來臨,她媽媽帶她回到**嚼嚼寵物店**。令她開心的是,嚼嚼太太真的保留了那隻沙鼠。

　　女孩立刻抱著她的新寵物，一路蹦蹦跳跳地回家，每跳一次，就親沙鼠鼻子一下。

　　「**不！**」哈特利大叫，因為牠看到貝絲
手舞足蹈地回到房間，一路咯咯笑著，
沙鼠就端坐在她頭頂上。

　　「**哈特利！**」女孩開口道，
同時伸手把她的新寵物拿下來。
「我要介紹傑拉德給你認識⋯⋯
沙鼠傑拉德。」

　　這兩隻嚙齒動物用**最邪惡**的目光
互瞪了一眼，但表面還是假裝笑呵呵的。

　　就在這時，女孩的爸爸走進貝絲房間。
「終於完成了！」他大聲說道，手裡同時拿著你
所見過最大又最閃亮的籠子。

　　「太棒了！爹地，**謝謝！**」貝絲大叫。

　　「一定是給我的！」哈特利說道。

　　「這個嘛，我們當然得讓妳的新寵物小沙鼠住在**最頂極豪華**的籠子裡啊！」

倉鼠沙鼠大對決

「吼吼吼！倉鼠低吼道。沙鼠的籠子不僅比較大，而且也豪華許多。

它配備有……

像通心粉一樣管子和隧道，可以讓牠鑽來跑去

柵欄上夾了一個很炫的水瓶

銀製食碗

梯子

邊輪轉

吊床

溜滑梯

為了騰出空間放傑拉德的籠子，哈特利的籠子直接被挪到靠牆的位置。

框咚！

現在沙鼠占據了大半位置，就緊鄰貝絲床邊。

第二天貝絲要去上學時，她說：「我相信你們兩個一定會成為最要好的朋友！」

一開始這兩隻死對頭的囓齒動物假裝互相友好。

「早安！」傑拉德在籠子裡說道，企圖打破他跟新鄰居之間的僵局。

「噢，早安！」哈特利也在籠子裡說道。「我沒看到你在那裡。」

「我想是因為我被這些**超**好玩的玩具給擋住了，這些都是貝絲專門為我買的。」

「不不不！」哈特利厲聲說道，「是因為你個子太小了，我根本看不到。沙鼠都很小隻。」

「雖然小隻但身形完美！」傑拉德反駁道。

「隨便囉，你說了算！」倉鼠冷笑道。

「就像大老鼠和小老鼠一樣，不是嗎？大老鼠也許比較大隻，但小老鼠可愛多了！」

倉鼠沙鼠大對決

「這根本不一樣！」哈特利大聲說道，語氣裡透露出牠的憤怒。

「是喔，我覺得一樣。希望你別介意我問一個……」

「事實上，我很介意！我很介意你問問題！我們倉鼠可是很忙的。我們有衛生紙捲筒要穿愈……」

「這問題不會耗多少時間的！如果貝絲那麼愛沙鼠，我們早晚得面對現實，這可不能怪她……我們沙鼠的**可愛**是言語無法形容的……所以她何必養一隻醜陋的老倉鼠呢？」

哈特利倉鼠**火大了**。「你怎麼可能懂呢，畢竟沙鼠天生就笨嘛。貝絲的最愛永遠都是倉鼠……」他開口道。

「所以她養了你之後，就改變心意愛沙鼠了？」傑拉德冷笑道。

哈特利氣到身上毛髮豎得筆直。「容我告辭，我要噴點倉鼠尿在你的籠子旁！」

現在輪到傑拉德**發火了**。

「也容我告辭，我要撇幾顆沙鼠大便在你的籠子旁！」

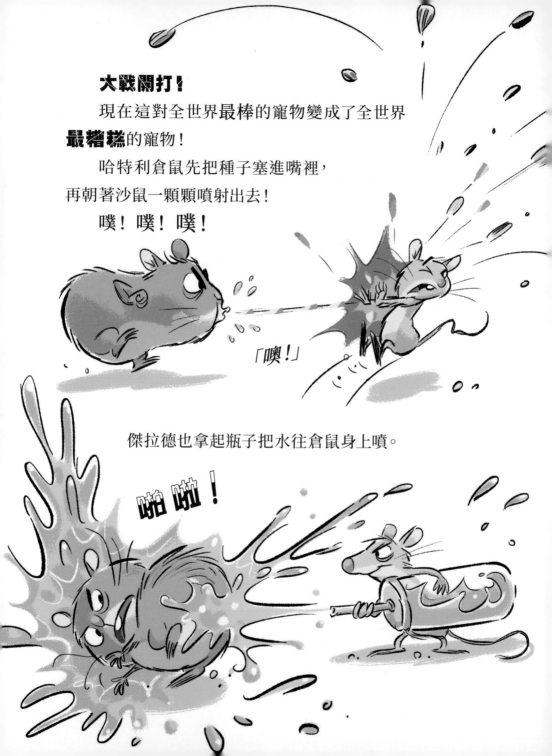

大戰開打！

現在這對全世界**最棒**的寵物變成了全世界**最糟糕**的寵物！

哈特利倉鼠先把種子塞進嘴裡，再朝著沙鼠一顆顆噴射出去！

噗！噗！噗！

「噢！」

傑拉德也拿起瓶子把水往倉鼠身上噴。

啪 啪！

「啊！我全身都濕了！」

哈特利氣得把自己的衛生紙捲筒壓扁，從籠子欄柵縫隙塞過去，然後用捲筒戳沙鼠的屁股。

我戳！我戳！我戳戳戳！

「噢！」

這惹怒了傑拉德，於是爬進他的透明滾球裡，盡可能把它滾動得很快很快，再直接朝哈特利的方向撞過去。

喀砰！

「救命啊！」

哈特利趕緊跳進牠的大滾輪裡。

滾輪愈轉愈快，順勢捲起一陣強風，將小沙鼠捲到半空中。

呼咻！

「不要*!*」

事情愈演愈烈。接著，傑拉德把吊床當成彈弓朝倉鼠不停射出堅果。

哈特利倚著欄柵，抬高屁股，對準傑拉德，放出超響的臭屁。

噗*!*」

「我一直都知道倉鼠很噁心，」沙鼠喊道。

「但這太離譜了！」

傑拉德也開始行動。牠把長長的尾巴穿過欄柵，用尾巴尖去搔倉鼠癢。

倉鼠沙鼠大對決

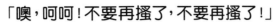

咕嚕！咕嚕！咕嚕！

「噢，呵呵！不要再搔了，不要再搔了！」

哈特利怒火中燒，於是把腿伸出柵欄外，往牆壁用力一蹬。

推！

結果傑拉德的籠子沿著桌邊一路被推擠。

軋！

「不！不要再推了！」沙鼠眼看著牠的籠子就要掉下去，趕緊哀求道。

推！哈特利繼續使勁地推，而且這次更大力。

軋！

「我們講和！我不跟你吵了！」傑拉德哀求道。牠掏出臥鋪裡的白色衛生紙充當白旗搖晃。

「我投降！」他喊道。

但是倉鼠還是用腿繼續蹬牆推。

推！

沙鼠的籠子現在在桌邊搖搖欲墜。

咿歪！

哈特利接著快步走到籠子盡頭。

兩隻囓齒動物鼻子對著鼻子。

「哈特利，不要這麼做！」傑拉德說道。

「為什麼不？」

「因為我們沙鼠**有仇必報**！我們會上百隻群起**復仇**，不，是上千隻，不，是上百萬隻、上億隻、上兆隻！然後我們會徹底消滅倉鼠！」

「我很抱歉，」哈特利說道，「但是你們沙鼠真的太討厭了！永別了！」

話說完，倉鼠就伸出一根趾頭往沙鼠的籠子柵欄碰了一下。只是輕輕一碰而已，剛好讓沙鼠的籠子飛了出去。

「不！！！！！！！！！！！！！！！！！！！！！！！！！」傑拉德在半空中放聲大叫。

當牠的籠子砸向地面時，時間好像同時加快和放慢了。

空隆隆隆隆隆隆隆隆隆隆隆！

籠子用力撞擊地面，摔成了碎片。

框啷！

力道大到沙鼠騰空飛了起來。

傑拉德**砰**地一聲跌在地上。

「**哈哈！**」高高在上的哈特利對著躺在地上的死對頭放聲嘲笑。

「你為什麼要笑！」傑拉德質問道。

「因為很好笑啊！」哈特利回答。倉鼠表情誇張地哈哈大笑，模樣就像演默劇的惡棍一樣。「**哈！哈！哈！**」

「其實真正好笑的是，」傑拉德說道，「你自以為聰明，結果反而還我自由了！現在輪到我來整你了！」

傑拉德正在攀爬窗簾，倉鼠嚇得眼睛凸出來，表情驚恐。

哈特利趕緊跑進牠的小屋裡頭躲起來。

這時牠聽到有東西落在牠籠子上面的匡噹聲響。

框啷！

「小倉鼠！小倉鼠！讓我進去！讓我進去！」傑拉德喊道。

「倉鼠其實比沙鼠還要大！」哈特利從他小屋裡的床鋪底下喊道。

「不開門嗎？」傑拉德問道：「**你是說不開門嗎？**」

「我又不是小豬，你也不是大野狼！」

「說出來吧！」

「不開**不開就不開**！對天發誓我絕不開門！」

「那我就開始吸氣吐氣、吸氣吐氣，一口氣吹倒你的房子！」

「一隻又蠢又小的沙鼠怎麼吹得倒我房子！」倉鼠說道。

「我可沒說過我要用我的嘴巴吹倒喔！」

接著，哈特利聽到喇叭的聲音。

叭！

是貝絲的喇叭！

傑拉德正在竭盡全力地吹那只喇叭。

噗！

一陣大風襲來，輕而易舉地吹翻了哈特利的屋子。

呼咻！

倉鼠四腳朝天，不停扭動四條腿，全身蓋滿木屑。

現在輪到沙鼠邪惡地大笑了。

「哈！哈！哈！」

不過，傑拉德的惡整才剛開始而已。牠從貝絲書桌上拿了根細繩，繞在倉鼠籠子柵欄的頂端。

「你要做什麼？」哈特利質問道。

「你馬上就知道了，倉鼠！」

沙鼠跳上那盞掛在房間正中央的吊燈上。

然後開始在吊燈前後搖晃，直到用繩子把籠子和吊燈繫在一起。

「不要啊啊啊啊啊！」哈特利大叫，因為牠和牠的籠子正在半空中晃來盪去。「求求你，我沒有對你做過什麼啊！饒了我吧！」

「想得美！」

傑拉德開始用力搖晃籠子，力道大到繩子瞬間斷掉。

ㄅㄨㄞ！

倉鼠籠撞向牆壁……

砰！

接著掉在地上砸成碎片。

框啷啷！

「哈哈！」燈具上的沙鼠看見哈特利趴在地毯上，不禁大笑出聲。

「我要是你，就不會笑了！」倉鼠說道。

「為什麼？」

「因為我也自由了！」

哈特利跳起來，爬上窗簾，撲上燈具。

「現在！」倉鼠說道，「等著被我壓扁吧！」

史詩級大戰開打！

倉鼠和沙鼠在房間各角落**交鋒對決**。

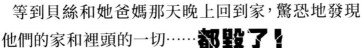

等到貝絲和她爸媽那天晚上回到家，驚恐地發現他們的家和裡頭的一切……**都毀了！**

這兩隻囓齒動物正各自騎著一隻溜冰鞋在競速，手裡拿著筷子當長矛在決鬥時，被逮個正著。

爸爸當場發飆：「這是什麼**鬼**啊**！**」

媽媽當場大哭。「哇**！**」

可憐的貝絲覺得都是自己的錯。

「對不起啦！」小女孩哭喊道。

倉鼠沙鼠大對決

　　她趕忙從溜冰鞋上面分別撈起那兩隻囓齒動物，一手抱著一隻。但是牠們還是試圖用筷子戳對方，爸爸氣得搶下筷子。

　　「貝絲！」他質問道。「是妳放寵物出籠的嗎？」

　　「我沒有！」女孩說道。

　　「那就一定是哈特利和傑拉德自己跑出籠子的！」

　　這時兩隻淘氣的寵物趕緊裝出可愛和無辜的樣子，但這次是行不通的。

　　「我們要怎麼處理牠們？」一臉憂心忡忡的媽媽說道。

　　「牠們不可能再待在這裡了。」爸爸說道。

　　「我想我知道要怎麼管教牠們了。」貝絲說道。

　　第二天早上，由爸爸負責看管哈特利和傑拉德，貝絲則帶著她媽媽回到**嚼嚼寵物店**。最後在千拜託萬拜託之下，嚼嚼太太才同意割愛她的寶貝琪琪。

　　如今這隻巨大的天竺鼠屬於貝絲了。

　　倉鼠、沙鼠、和天竺鼠同住在一個**全新**又超級**堅固**的籠子裡。

　　為了監控這兩隻愛吵架的嚙齒動物，琪琪索性坐在牠們身上。

　　把牠們壓下去！

　　「都是你害的！」哈特利哀號道。

　　「才怪，是你害的！」傑拉德抱怨道。

　　「你們兩個！都給我閉嘴！」琪琪貪心地把牠們所有的堅果都塞進嘴巴裡，一邊嚼一邊大聲說道。

倉鼠和沙鼠從此過著

不幸福又**不快樂**的生活。

小偷鸚鵡

很久很久以前，在一棟公寓大樓的頂樓，住著一位優雅的獨居老太太。哈維森小姐在這麼高的地方能看到的唯一動物，就是棲在她窗臺上的小鳥。她愈來愈喜歡這些小鳥，常常會跟牠們說話。

小偷鵲鵲

「日安，我的小親親！」

「你好嗎？」

「你看起來變漂亮囉！」

　　每天早上，她都在窗臺上撒麵包屑給牠們吃。
但是有一隻貪心的獨眼喜鵲會把全部偷吃
光光，狼吞虎嚥，一點碎屑都不剩。

「嘎！嘎！嘎！」

　　久而久之，哈維森小姐的鳥朋友們就不再來了。牠們都
很怕那隻獨眼喜鵲。可憐的哈維森小姐覺得自己好孤單。但
是有一天起床時，她突然想到一個好點子。她活了這麼大
歲數，第一次決定要自己養隻寵物！

　　於是她穿戴完畢，一如往常地打扮得
乾淨整潔，梳整出優雅的髮型，便出門了。
哈維森小姐一路手舞足蹈步下好幾百
級階梯，蹦蹦跳跳地來到離她家
最近的一家寵物店——
皮克威克寵物店。

只是哈維森小姐不知道那裡等著她的是這世上的**糟糕壞寵物**之一。

「虎皮鸚鵡？」長得**圓滾滾**的寵物店老闆問道，他叫做皮克威克先生，頭上戴著一頂金色假髮。他的店裡到處都是貓、兔子、倉鼠、沙鼠，甚至還有熱帶魚。一條小臘腸狗就躺在他腳邊，身上放了一張牌子寫著：

狗狗迪肯斯
非賣品

「夫人，妳確定妳要養一隻虎皮鸚鵡？」

「沒錯！」哈維森小姐用一貫優雅的語調說道，那雙明亮的眼睛閃爍著興奮的光芒。「我想要有隻我可以跟牠說話，牠也可以回話的寵物。」

「噢，這隻絕對**很會回嘴**的。」他喃喃低語。

「凹嗚汪汪汪！」狗狗迪肯斯附和道。

「不好意思，皮克威克先生，你說什麼？」哈維森小姐問道。

「沒什麼，夫人！」他撒了個小謊。「我只是說『這隻很

小偷鸚鵡

會說話』。妳運氣真好，夫人，我店裡剛好有最後一隻虎皮鸚鵡！」

皮克威克先生朝身後的架子頂端伸出手，拿下一只鳥籠，放在櫃檯上。

碰！

金屬鳥籠裡住著一隻看起來超級可愛的小鳥。

虎皮鸚鵡是小型鸚鵡，毛色有一點點綠、有一點點黃、也有一點點藍。牠在籠子裡跳上跳下的。

框啷！框啷！框啷！

哈維森小姐立刻愛上了牠。

「噢，牠真的好可愛喔！」

狗狗迪肯斯猛烈地搖頭。

搖晃搖晃！

「容我冒昧地請教一下，價錢是多少啊？」哈維森小姐問道。

「十便士？」匹克威克先生懷抱著希望說道。

「十便士？」哈維森小姐不敢相信地重覆道。

「好吧，五便士好了！」

「一隻虎皮鸚鵡五便士？」

「夫人，我們很投緣，今天虎皮鸚鵡剛好特價，我算妳**兩便士**好了！」

「兩便士？」

「好吧，好吧，妳很會殺價。**一便士成交！**」

哈維森小姐趕緊搶在皮克威克先生改變心意之前掏出錢包，放了一便士在櫃檯上。

咻！

「其實應該是我給妳錢，叫妳趕快把牠帶走才對！」皮克威克喃喃低語。

小偷鸚鵡

「不好意思，我的耳朵已經不像以前那麼管用了！」

「我沒有說什麼，夫人。這是笨笨。笨笨，這是你的新主人。」

笨笨一睜開那雙像珠子一樣的小眼睛，就發出令人驚嘆的聲音，牠的音調低沉沙啞，像是個刻薄的老水手。

「我不喜歡她的長相！」笨笨說道。

狗狗迪克斯用腳掌蓋住自己的耳朵。

「笨笨先生說什麼？」哈維森小姐問道。

「我什麼也沒聽到，」皮克威克先生撒謊道。「妳有聽到嗎？」

「老兄，你聽好，我才不要跟這個自以為是上等人的女士回家！」

「不好意思，笨笨先生，我聽不太清楚你在說什麼。」哈維森小姐說道。

「笨笨說牠等不及要看牠的新家。」

「我才沒有這樣說！」鸚鵡抗議道。

「走吧，小東西，我們走了。」哈維森小姐愉悅地說道。她的語調再溫柔不過，隨即從櫃檯上拿起鳥籠。

「你這個假髮男，你會付出代價的！」鸚鵡抗議道，說完騰空飛起，鳥喙穿過籠子的柵欄，直接咬住皮克威克先生的假髮，將它掀開。

啾——

「吼吼吼！」迪肯斯低吼，跳起來保護牠的主人。

「噢天啊！」皮克威克先生大叫，同時趕緊伸手摀住自己的禿頭。

哈維森小姐從鸚鵡嘴裡搶走假髮，還給寵物店主人。「皮克威克先生，我想這應該是你的。」

小偷鸚鵡

「我連我有戴假髮都不知道!」他撒謊道,同時把假髮甩回光溜溜的頭頂。

「再會了!」哈維森小姐喊道,很是自豪地帶著她的新寵物離開了**皮克威克寵物店**。她和皮克威克先生**笑容可掬**地互相道別。

狗狗迪克斯大大地鬆了一口氣。

「呼!」

「別擔心,迪肯斯!我跟你保證,你再也不會見到那隻鸚鵡了!」皮克威克先生說道。

回家的路上,鸚鵡一路上一直嘀咕,很是不滿,就連在爬上哈維森小姐豪華公寓的那道好幾百級的階梯時,也是一路嘀嘀咕咕。

「簡直是一場噩夢!」笨笨一看到公寓裡色彩豔麗的室內裝潢,便大聲喊道。

「笨笨先生,歡迎來到你的新家!」哈維森小姐一邊輕輕地把鳥籠放在她的鋼琴上,一邊開心地說道。「我想你在這裡會很快樂的,以後我就是你的新媽媽了!」

「我喜歡跟著……皮克尼克……管他叫什麼名字,我就喜歡他那兒!」

「小笨笨先生，媽媽現在拿點東西給你吃！」

「嘿，我一點也不小，以虎皮鸚鵡而言，我個子很大！」

「你想吃美味的蛋糕嗎？」

「**蛋糕**！妳總算說人話了！但我不想吃妳自己做的恐怖蛋糕，我要吃外面買的！」

哈維森小姐消失進廚房，接著拿了一盒蛋糕回到起居室。

「外面買的！真是謝天謝地！」笨笨說道。

老太太幫自己切了一塊，再把一些蛋糕屑放在另一個盤子給寵物吃。

「笨笨先生，你的在這裡……媽媽吃一些，你也吃一些！」

笨笨用頭撞籠子。

「哦，媽媽真笨！」她說道，同時打開籠門要放牠出來。哈維森小姐拾起鸚鵡，輕輕吻了一下牠的鳥喙。

「姆啾！」

「好噁喔！」鸚鵡大聲說道，同時扭動身子掙脫她。

「不好意思，笨笨先生，我沒聽清楚你剛說了什麼。」哈唯森小姐問道。

小偷鸚鵡

「什麼?」

「我剛才好像聽到你說了什麼。」

「沒有,」笨笨說道,「我不會說話。」

「噢。」哈維森小姐一臉困惑地說道。

笨笨朝盤子的方向跳下去。

咚!　咚!　咚!

這隻小鳥先看了自己盤子上的蛋糕屑一眼,

又看了老太太盤子上的那塊蛋糕一眼,隨即將那塊蛋糕狼

吞虎嚥地吃掉,吃完立刻打了一個又大又響的飽嗝。

「嗝!」

「噢!」哈維森小姐很是驚訝地說道。

「媽媽不知道你這麼餓!」

接著鸚鵡跳到蛋糕盒那裡,大口吞下

整個蛋糕。

「嗝!」牠又打了一個嗝,這次聲音

大到令人難以置信,簡直就是嗝聲無敵[3]。

哈維森小姐一臉不以為然。

3　這是你可以在這世上最值得信賴的**威廉大辭典**裡
頭找到的一個真實辭彙。

這可不是她想從她的寵物鸚鵡嘴裡聽到
的聲音。「頑皮的笨笨先生!」

這還只是開始而已。

沒多久,笨笨就在哈維森小姐的豪華公寓
裡到處**搞破壞**。這隻鸚鵡會……

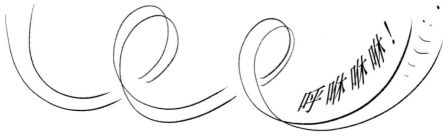

呼啾啾啾!

在起居室裡玩翻筋斗飛行的遊戲……

趁哈維森小姐在沙發上睡午覺時,像**俯衝轟炸機**一樣
投向她……

「啾啾啾啾啾!啾啾啾啾啾!」

砰!

把浴缸的水龍頭從熱水轉成冷水,
哈維森小姐要坐進浴缸裡的時候,屁
股瞬間凍得發紫……

「噢噢噢噢噢噢噢噢噢嗚嗚嗚嗚嗚嗚!」

小偷鸚鵡

用牠尖銳的鳥爪扯破絲質窗簾……

ㄔㄨㄚ！ㄔㄨㄚ！

大半夜跑去玩三角鋼琴，

在琴鍵上跳來跳去……

叮！咚！噹！

（可憐的哈維森小姐驚醒時

還以為有喜歡音樂的鬼魂正在糾纏她！）

一直**啄**哈維森小姐的羽毛枕，害她房間都是羽毛……

啄！啄！啄！

在哈維森小姐還坐在馬桶上的時候

就直接沖馬桶……

嘩啦！

「噢噢！」

最糟的是，用鳥大便轟炸古董地毯！

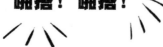 **啪搭！ 啪搭！ 啪搭！**

　　笨笨是一隻壞鸚鵡。然而，在一天嚴寒的早上，獨眼喜鵲降落在哈維森小姐的窗臺上，從此笨笨的行為就開始**變本加厲**了。當時那隻黑白相間的鳥兒顯然正在尋找更多的麵包屑。可是牠一看到笨笨，便立刻用鳥喙敲打窗戶來吸引笨笨的注意。

　　叩！叩！叩！

　　「嘿！」牠對笨笨嘶聲喊道。「嘿！」

　　鸚鵡正在大吃特吃哈維森小姐錫罐裡的奶油軟糖。老太太當時正斜倚在躺椅上讀詩集，渾然不覺。

　　「**滾開！**」笨笨嘶聲說道。

　　「我不要！」喜鵲回答道。「**讓我進去！**」

　　「我才不會讓你這樣又髒又老的鳥進屋來！」

　　「就跟你說讓我進去！」

小偷鸚鵡

「我為什麼要讓你進來？蛤？給我一個理由！」

「我有個生意上的提案要給你！你懂我的意思吧？」喜鵲眨眨眼睛。

「你那隻沒瞎的眼睛也壞掉了嗎？」笨笨問道。

「沒壞。我眨眼睛是因為我會上天下地，**長相迷人又舉足輕重**，如果你懂我意思的話。」

「你是做什麼的？」

「我們是喜鵲，我們會偷東西，對吧？」

「你會偷東西？」

「大家都知道啊，」喜鵲說道。「而且我知道你也會偷。」

「我從來不偷東西！」發怒的笨笨厲聲回答。

「別裝傻了，孩子！我隔著窗戶看到了。你讓我進去，不然我就 **嘎嘎** 又 **嘎嘎** 又 **嘎嘎** 地大叫，把你做過的事都告訴老太太！」

「你才不敢！」笨笨回答，牠顯然有點擔心地瞄了哈維森小姐一眼，後者仍在開心地看書，完全沒聽到牠們在說什麼。

「我就是敢！現在快把窗戶打開！」

笨笨不情不願地照做。牠跳上把手，將它往下壓，再用鳥嘴慢慢扳開窗戶。

喜鵲咧開嘴笑，跳進公寓裡。

「我叫做馬格維奇，」他說道，「喜鵲馬格維奇。」

「鸚鵡笨笨。」

馬格維奇伸出一隻很髒的黑翅膀。笨笨考慮了一下，才伸出翅膀跟牠握了握。

「好了，笨笨，你告訴我，你想**變有錢**嗎？」

「我當然想。這樣我就可以離開這個老太婆了！」他邊說邊用翅膀指著哈維森小姐。

「你知道這個老太婆有一盒**裝滿珠寶**的珠寶盒嗎？」

「是喔？」笨笨問道。

「你還是沒我**聰明**，對吧？我一直隔著窗戶監視她。她都把它藏在床底下。」

「我從來沒去那裡找過。」

「我知道，我也有在監視你！所以，你說，我們要不要幫她減輕負擔呢？你懂我意思吧？」

「**什麼？**」

小偷鸚鵡

「偷走它們啊！」

「然後呢？」

「然後賣給鴿子幫，
牠們再轉賣給老鷹幫，
老鷹幫再轉賣給海鷗幫。
轟隆！這些珠寶就飄洋
過海，賣到海外去了。
你都還來不及 **嘎嘎** 叫一聲，
我們就變成**富翁**了！你愛吃多少鳥食都有！」

「我可以想像會有好多好多鳥食等我吃。」

「我也是。」

「可是麥格維奇，我為什麼要跟你合作？我也可以自己
偷啊！」

「你這輩子都待在一家髒兮兮的寵物店裡，等著一個
可憐的傢伙來買走你。我是在街頭混到大的，鳥類黑社會
裡有我認識的朋友，不是嗎？我們把鳥食分成兩半。我們平
分，**七三對分？**」

「虎皮鸚鵡才沒那麼笨！」笨笨回答。

「那才不是平分呢！」

「你真的很會討價還價，好吧，那就**八二對分！**」

「**成交！**」

「真有你的！」

於是這兩隻壞小鳥開始展開計畫。等到晚上，哈維森小姐上床去睡覺時⋯⋯

「嘓嘓嘓嘓！嘓嘓嘓嘓！嘓嘓嘓嘓！嘓嘓嘓嘓！」

麥格維奇和笨笨就在頂樓公寓裡面飛來飛去，偷走所有看起來值錢的東西。

沒多久，他們就收穫滿滿。

除了床底下珠寶盒裡的珠寶，還有⋯⋯

小丑瓷器

金色懷錶

玻璃象

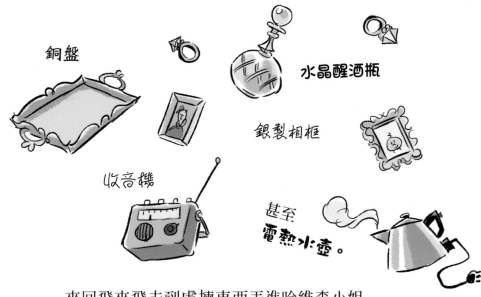

銅盤

水晶醒酒瓶

銀製相框

收音機

甚至
電熱水壺。

　　來回飛來飛去到處揀東西丟進哈維森小姐的舊帽盒以後，兩隻鳥都累了。

　　此時窗外明月皎皎，鸚鵡和喜鵲跳進沙發裡。

　　「我累死了！」喜鵲說道。

　　「我也是！」笨笨說道。

　　「好了，在我們逃走之前，我們來小小慶祝一下。」

　　結果這小小的慶祝竟愈搞愈大。牠們狼吞虎嚥地吃光了哈維森太太買來當晚餐的**整個大黃酥皮派**。

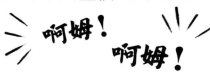

啊姆！　啊姆！

然後這兩隻鳥又開始吃餅乾，
吞下一包一包又一包的餅乾。

卡滋！卡滋！

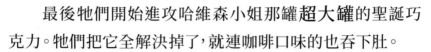

最後牠們開始進攻哈維森小姐那罐**超大罐**的聖誕巧克力。牠們把它全解決掉了，就連咖啡口味的也吞下肚。

如今這兩隻鳥已經把自己撐得像顆足球一樣圓滾滾的。但是這兩隻貪心的小鳥還是不肯停止。

「吃了這麼多東西，我快渴死了。」笨笨說道。

「我也是！」馬格維奇附和道。

由於牠們還在慶祝的興頭上，便看上了餐具櫃上一瓶頗有些年分的香檳酒，牠們合力拔出瓶塞，將氣泡酒咕嚕咕嚕地灌下肚。

咕嚕！咕嚕！咕嚕！

很快地，這對夥伴覺得有點**醉**了，而且還嚴重**脹氣**。香檳酒的氣泡在牠們肚子裡不斷膨脹。沒多久，牠們就發現自己因為不停放屁的關係，像顆正在**洩氣的氣球**

那樣在屋內噴射。

噗噗噗！

「救命啊！」笨笨喊道。

噗噗噗！

「快停下來！」

馬格維奇尖叫道。

但是牠們停不下來。反而像兩顆橡皮球一樣在豪華公寓裡到處彈跳。

蹦！

蹦！

蹦！

這些噪音吵醒了哈維森小姐。

「請問一下，是誰啊？」她從臥室裡喊道。「我聽見**吵鬧聲！**」

當她衝進客廳時，立刻皺起鼻子。

「**我還聞到臭屁味！**」哈維森小姐走向窗戶，開窗驅散可怕的臭味。接著

又打開屋裡的燈。

啪！

「快點，我們快離開這裡！」馬格維奇嘶聲說道。

「別忘了我們的戰利品！」笨笨回答，牠現在真的成為貨真價實的小偷了。

兩隻鳥跳上帽盒，用鳥喙咬住帽盒上的緞帶。

「你們拿我的帽盒到底要做什麼？」

哈維森小姐生氣

大聲喊道。

小偷鸚鵡

這時她才發現緊咬著帽盒的那個又大又圓又綠又黃又藍的東西其實是笨笨。

「笨笨先生？是你嗎？我是你親愛的媽媽耶，你怎麼可以偷我的東西？」她一邊抓住帽盒，一邊說道。

「我感覺到有個**很大**的屁要出來了！」笨笨說道。

「我也感覺到了！」馬格維奇說道。

「這個屁真的很大！」

「我知道！」

「三！二！一！」

然後牠們異口同聲地喊道：**「發射！」**

噗噗噗！

牠們真的發射了！

這個響屁噴出來的氣將牠們連同緊咬著的帽盒往地面反方向猛衝，衝出窗戶。

呼咻！

可憐的哈維森小姐仍緊抓住帽盒。

「住手！」她大叫。

這個響屁的後座力速度快到兩隻鳥根本抓不住那個裝滿戰利品的帽盒。

牠們被瞬間噴高，射進夜空，*衝向*外太空。

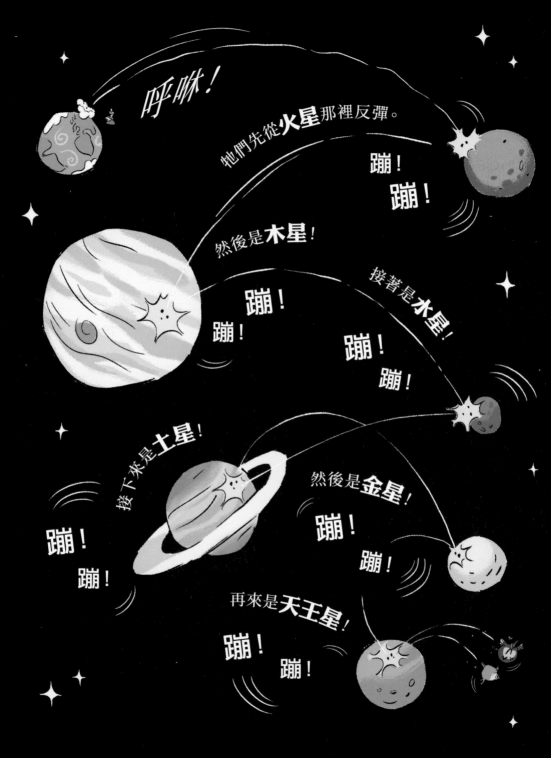

小偷鸚鵡

就好像整個太陽系成了一座巨大的**彈珠臺**！

沒多久，這兩隻缺德的動物就發現

自己正朝著**炙熱的太陽**衝過去！

呼咻！

在此同時，地球上的哈維森小姐

和那個裝滿贓物的帽盒從空中直墜而下。

呼咻！

「救命啊！」她大喊。

但這時誰能幫她呢？

所幸她運氣好，也剛好地面上有人運氣背。寵物店老板

皮克威克先生在她正下方遛他的狗狗迪肯斯。

「小心！」哈維森小姐大喊道。

皮克威克抬頭張望天空……

砰！

哈維森小姐剛好從天而降地跌在他身上

「**砰**！」

那只裝滿贓物的帽盒也同時砸在迪肯斯身上。

咚！

「**凹嗚！**」

所有東西都飛了出去，包括皮克威克先生的假髮！

「**噢**，可憐的皮克威克先生，你傷得很嚴重嗎？」被他抱在懷裡的哈維森小姐這樣問道。

「我的頭腫了一個**大包**，」他一邊揉一邊說道。「唉呦！妳還好嗎？」

「**皮克威克先生，你肯定是救了我一命！**」她眼眶含淚地大聲說道。

「如果妳需要那隻虎皮鸚鵡的退款的話……」他開口道。

小偷鸚鵡

「不用！不用！不用！別傻了，皮克威克先生。對了，你那隻可愛的小狗還好嗎？」

「可憐的迪肯斯！」這位男士嗚咽道。

她拾起帽盒，救出被壓在底下的臘腸狗。

迪肯斯大力舔著哈維森小姐的鼻子，表示謝意。

稀哩呼嚕！

「噢，老天保佑！」皮克威克先生有點慌張地說道。「妳真是一個善良的女士」，哈維森⋯⋯」

「艾米莉亞，叫我艾米莉亞就好了。」她輕聲回答，迎視著他的目光。

皮克威克先生微微一笑。哈維森小姐也對他微笑。他們的笑容暗示著某種情愫正在發芽。

沒多久，這兩個人就開始約在公園碰面散步。久而久之，哈維森小姐和皮克威克先生的友誼發展成**戀人關係**，從此相伴相依。

哈維森小姐再也不覺得孤單了。

愛樂狗狗蒙提

蒙提是一隻喜歡享受**高級生活**的狗。

早上要洗個泡泡浴……

晚餐要用銀製的碗裝烤牛肉吃……

晚上要睡在**專屬的**柳條籃子，裡頭鋪著柔軟的方格花紋毛毯。

愛樂狗狗蒙提

蒙提是一隻短腿長耳獵犬。這隻倍受寵愛的寵物跟一位顯赫的年老女爵住在一棟豪華的鄉間別墅裡。老夫人終其一生熱愛音樂劇。艾瑪諾女爵年輕時曾是音樂劇院裡的**超級巨星**，活躍在倫敦西區和紐約百老匯的舞臺上。艾瑪諾女爵熟知**每一場音樂劇裡每一首歌**的**每一句歌詞**。她大量收藏了所有經典音樂劇的唱片，平常就用她那臺老式留聲機來播放，將音量開到最大，再跟著一起唱，重溫往日的輝煌歲月。

「啪！」

每天二十四小時都在聽音樂劇的蒙提在飼主的薰陶下，也變得**愈來愈喜歡**聽音樂劇。牠會偷用艾瑪諾女爵的梳妝盒，好跟著留聲機上正在播放的沙啞老唱片來扮演音樂劇裡的角色。

蒙提會打扮成**歌劇魅影**裡的
男主角，穿戴上面具、帽子、
和披風。

又或者牠會穿上修女袍！
轉著圈圈扮演真善美裡的
瑪麗亞。

牠最喜歡的角色是**悲慘世界**裡頭那
冷酷無情的賈維爾警官。為了扮演這角色，
他會特地穿上很長的警官制服大衣和那種
側面朝前、有點好笑的帽子。

當蒙提沉浸在角色裡，跟著音樂**長嚎**時，都會被無情
地**嘲笑**。那是因為艾瑪諾女爵在別墅裡還養了另一隻寵物：
一隻黑白花色、叫做史奈普的貓。這是動物世界裡的老規

愛樂狗狗蒙提

矩了，貓和狗是天生的死對頭。待在起居室裡的史奈普會蹲伏在艾瑪諾女爵那張扶手椅的頭枕上，那裡是短腿蒙提永遠爬不上去的地方。這隻貓會等到老夫人手裡拿著她一杯最愛喝的烈酒開始打盹的時候，才從那安全的置高點對著蒙提**冷嘲熱諷**。

「你這隻**臭到爆**的老狗，一個音都唱不好！」牠喵聲道。

「你這隻**發臭**的老貓，你根本一點都不懂音樂劇！」蒙提反駁道。「我可是很清楚每一部音樂劇裡的每一首歌裡的**每一句歌詞**！」

「聽你在胡說八道！」

「才沒有胡說八道！」

「就是胡說八道！」

「不是胡說八道！」

「好吧，那為什麼你從來沒唱過**我最喜歡**的音樂劇裡的那些歌曲？」說完，史奈普跳上櫃子最上層，拉出一張黑膠唱片，上面有斗大的白字寫著貓。

這隻狗**氣炸了**。

牠氣到耳朵冒煙。

眼裡射出怒火。

「**貓！**這是音樂劇？」牠氣急敗壞地說道。

「根本是**邪魔外道**！」

「才不是！這是**真正的**音樂劇！」

那隻貓一臉得意地說道。

愛樂狗狗蒙提

「老夫人從來沒播放過這部音樂劇是因為她知道這可能會傷了你那小小的脆弱心靈！」

「我才不會被一部跟貓有關的愚蠢音樂劇傷到呢！」蒙提厲聲回答，但下垂的眼睛裡卻有淚水在打轉。

「那你為什麼在哭？」史奈普冷諷道。

「**我沒有哭**！只是有東西跑進我眼睛裡！」牠撒謊道。

「說的跟真的一樣，你這隻愛撒謊的獵犬！再說這不是一部愚蠢的音樂劇。它是史上最偉大的音樂劇之一，是一位天才作曲家創作出來的，他有名到被大家稱之為『救世主』！這部音樂劇**貓**非常成功，曾經連續演出好幾十年，**上億**的人都看過，你知道為什麼嗎？」

「不知道，不過，史奈普，我相信你巴不得讓我知道！」蒙提回答，

「因為大家都**愛**貓！」史奈普宣布道。

「**胡說八道**！」這隻狗吼了回去。

「**沒有胡說八道**！」

「胡說八道到荒謬至極！明明大家更喜歡狗！」

史奈普瞇起眼睛。「蒙提，如果你說的是真的，那麼為什麼有一部叫**貓**的音樂劇，卻沒有一部叫**狗**的音樂劇呢？」

蒙提啞口無言，答不出來。

「而且未來也絕對、**絕對**不會有一部叫做**狗**的音樂劇，」這隻貓繼續說道。「你知道為什麼嗎？」

「我洗耳恭聽！」

「因為，」史奈普開口道，「狗很髒**髒**、很臭，而且喜歡互相聞**屁股**！」

「你好大的膽子！我們互相聞**屁股**是為了打招呼！」蒙提抗議道，

「這種打招呼方式很噁心！」

「我來告訴你什麼叫做噁心！」

「願聞其詳！」

「那就是當一隻貓，然後一直吹牛有一部叫做**貓**的音樂劇！史奈普！我會證明給你看的！」

「蒙提，你要證明什麼？」這隻貓喵聲說道。

「狗**也**可以有牠們自己的音樂劇！」

「就算給你一百**萬年**也做不到啦！」

愛樂狗狗蒙提

「你是按狗齡來算嗎？」

「我是按正常的時間來算！」

「你給我等著瞧！」

「我在等啊！」史奈普喵聲道。

蒙提低吼。「**吼吼吼！**」牠衝出起居室，用尾巴大力地甩上那高高的木門。

砰！

牠經過走廊裡那臺老式電話時，不經意瞄到艾瑪諾女爵那本皮製的通訊錄。裡頭有她所有朋友的名字、住址、和電話號碼，而且其中很多都是來自於**演藝界**。於是牠用前爪開始翻閱通訊錄，好奇那部音樂劇**貓**的天才作曲家會不會也剛好在裡面。

賓果！

真的有他的住址！

現在蒙提只需要找到幾隻膽子夠大的狗願意跟牠一起展開這個危險的**任務**就行了！

於是第二天一早，蒙提趁著在公園散步的時候，遠離那隻自負又愛窺視的貓，趕緊展開行動。艾瑪諾女爵一屁股坐在長椅上，放了牽繩讓她的寶貝獵犬去玩。

「去玩吧，蒙提！你這個乖孩子！」

蒙提微微一笑，隨即跑開去找牠的狗朋友：

貴賓狗波羅、可卡犬摳摳和臘腸犬呆呆。

牠先遵循狗界禮儀，互聞彼此的屁股打過招呼。

我聞！我聞！我聞聞聞！

等牠們都搞清楚哪個屁股是誰的屁股之後，蒙提就開門見山地說了。

「狗狗們！請聽我說！」蒙提開口道。「我需要你們幫忙！」

「幫什麼忙？」波羅吠叫道。

「幫全世界的狗狗找回尊嚴！」

「我的老天啊！」摳摳目瞪口呆地說道。

「蒙提，快跟我們說清楚！」呆呆央求道，「**從頭到尾說個明白！**」

於是蒙提說出事情的始末。牠刻意遠離艾瑪諾女爵，不讓她聽見，將事情從頭到尾地說給牠那三個毛茸茸的

愛樂狗狗蒙提

朋友聽。牠說這世上有一部很轟動的音樂劇叫做**貓**，但卻沒有一部叫做**狗**的音樂劇。想也知道這群狗狗聽了相當憤怒。

「這真是奇恥大辱！」

「這是在侮辱全世界的狗嘛！」

「那些貓**絕對不會**放過這點！我們必須做點什麼！」

「太好了，你們的想法跟我一樣！」蒙提說道。「我們今晚半夜十二點在公園碰面。我們一定會找到那個救世主的家，**逼**他也寫出一部跟狗有關的音樂劇。贊成的，請舉爪！」

令蒙提高興的是，這三隻狗都舉起了牠們的爪子。

那天晚上在夜色的

掩護下，這群狗再度集會。牠們

再一次互**聞屁股**，打招呼。不互**聞屁股**

是很沒禮貌的。然而，蒙提卻沒出現。

　　「那隻老獵犬在哪裡啊？」摳摳問道。

　　「是牠叫我們深更半夜集合的耶！」呆呆抱怨道。

　　「我要回家了！」波羅大聲說道。

　　這時牠們聽到遠方傳來汽車引擎聲，公園對面有車頭燈

在閃爍。

　　「這是陷阱！」

　　「是捕狗大隊來了！」

　　「我們死定了！」

　　但隨著車子愈開愈近，牠們看見一張熟悉的臉

出現在方向盤後方。是蒙提！

　　「快上車！」牠從駕駛座上喊道。

　　「你從哪裡弄來這輛車的？」摳摳問道。

　　「這是我家女主人的賓士汽車！在她發現

車子不見之前快上車吧！」

　　這幾隻狗興奮地跳進後車座裡。破舊

的老爺車引擎聲**隆隆作響**地駛入夜色，

展開今夜的大冒險。

愛樂狗狗蒙提

　　牠們在清晨時抵達救世主城堡的銅製大門前。但令牠們惱怒的是，這棟房子的名稱竟然叫做**貓城堡**。

　　這幾隻狗用疊羅漢的方式攀牆而入，一進到寬敞的庭院，就爬上角樓，找到主臥房。一如所料，這位傳說中的作曲大師正在他那張鋼琴形狀的大床上酣睡中。

「齁齁齁！齁齁齁！齁齁齁！」

　　狗兒們隔著窗玻璃窺看。在救世主的臥房裡，竟然有多到不計其數的貓兒。地毯上有貓、躺椅上有貓，床上也有貓兒蜷伏在那裡睡覺。裡面簡直就是**貓兒馬戲團**！

　　「我早該料到救世主是個愛貓人士！」蒙提抱怨道。

　　「最**糟糕**的一種人！」波羅補充道。

　　「噓！我們要盡量安靜，才不會吵醒他！」

　　「各位，你們有聽到那個聲音嗎？」呆呆反而超大聲說道。「**安靜！**」

愛樂狗狗蒙提

「噓！」蒙提噓聲道。

「**噓！**」臘腸狗重覆道。

「呆呆，我是叫你安靜！」

「噢！」

　　蒙提將牠那條又長又流著口水的舌頭從窗戶底下伸進去，慢慢往上推。窗戶打開後，牠就領著這一幫狗狗隊員鑽了進去。

　　「我們必須把救世主從這些討人厭的貓身邊帶走！」牠嘶聲道。「你們也知道牠們有多邪惡！」

　　正當牠們靠近那張鋼琴形狀的大床時，摳摳不小心踩到一隻熟睡貓兒的尾巴。

　　「**唉喲！**」貓兒尖叫，其他貓兒跟著被吵醒。

　　「**喵！**」

　　「嘶！」

　　這些貓開始發狂！牠們的死對頭──狗，竟然闖入主人的臥房。

　　狗兒們也開始狂吠。

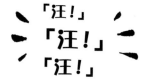

「汪！」
「**汪！**」
「汪！」

狗吠聲吵醒了救世主。他從床上坐起來。這位世界
著名的作曲家身上穿著紅色絲質睡衣，口袋上繡著黑色的
救世主幾個字。

　　「啊！」他一看到房間裡都是狗，便放聲大叫。

　　「汪！」「汪！」「汪！」狗兒們也大聲吠叫。

　　救世主跳下床，逃進走廊。

　　「救命啊！」他尖叫。

「追上去!」蒙提下令道。

狗兒們追了上去,貓兒們則追在狗的後面。

貓兒們亮出宛若剃刀的利爪……

乓!砰!乓!

尖牙也紛紛亮出……

「嘶!」

接著用尾巴用力甩打地板。

碰!碰!咚!

然後貓兒一隻接一隻地朝狗兒撲上去!

一如你對一位億萬級作曲大師可能會有的
印象，救世主的城堡裡到處都是堪稱
無價之寶的古董：絲綢地毯、
油畫、威尼斯玻璃吊燈、
半身銅像、和陶瓷花瓶。
全都被……撞毀！碰！

轟隆！

框啷！**砰！**

應聲倒在地上，碎成一
地，貓狗大戰開打了。

蒙提在前面領軍，眼看救世主正要逃走，便從欄杆上
滑了下去，落在救世主的絲質睡衣上。

呼啾——
猛地落在對方背上。

咚！

呼咻——
蒙提開始助跑……

往前一躍！
朝救世主撲過去。
牠騰空飛起……

牠把救世主撞倒在擦亮的大理石地板上。地板光亮到他的絲質睡衣一落地，便滑了出去，滑行速度比*高速列車*還快。

　　呼咻——

　　蒙提站在這人的背上，像是駕馭著衝浪板。

　　他們沿著走廊不停往前滑行，直接滑進音樂廳，撞上三角鋼琴。

　　框咚！

　　「唉呦！」救世主大叫。

　　蒙提被甩飛到空中……

　　再**砰**地一聲墜落在潔淨純白的沙發上。

「不准上沙發！」救世主吼道。

向來是隻乖狗狗的蒙提趕緊跳下沙發。

這時候，另外三隻狗也已經追上他們，牠們連滾帶爬地進了音樂廳。貓兒們這時也蜂擁而入，包圍牠們。

有些貓兒把爪子戳進狗狗的後背。

戳！

還有的用尖牙咬牠們的耳朵。

嚼！

更有的用尾巴猛打牠們的頭。

砰！

其他的則是這三件事都有做！

戳！嚼！砰！

「誰來告訴我為什麼我的城堡裡有這麼多狗？」救世主吼道。

但狗兒們沒有時間回答，牠們忙著反擊。牠們抓住貓尾巴不停甩圈，速度快到身影都模糊了。

呼咻！

再突然放手！

「喵!」

城堡裡有足夠空間可以甩貓兒。現在這些貓都在牆壁之間彈來射去。

砰!咚!框!

「立刻停止你們的瘋狂之舉!」救世主吼道。

所有動物立刻停止動作,默不作聲地站在原地。大家都不想挨救世主的罵。

「狗狗,自己解釋清楚!」他質問道,兩眼直盯著蒙提。

「好的,先生……」蒙提氣極敗壞地說。

「叫我救世主!」

「救世主,請容我先告訴你,

我是你作品的**頭號粉絲**……」

「說下去！」

「但是我很震驚，你竟然寫了一部關於貓的音樂劇，卻沒有關於**狗**的音樂劇。」

「噢，因為貓又奇妙又神祕啊。」這位作曲家解釋道。「至於狗呢，牠們老愛互聞屁股。」

貓兒們全都在竊笑。「嘻嘻嘻！」

「看在老天爺的份上，我們只是在打招呼！」蒙提大聲吼道。「波羅，把門鎖上！」

貴賓狗聞言照辦。

卡答！

「這是什麼意思？」救世主氣急敗壞地說道。「怎麼可以把我囚禁在我自己的城堡裡！」

「噢，當然可以，除非你寫出一部有關狗的音樂劇，否則**別想離開這個房間**！」

「要是我不寫呢？」救世主質問道。

「狗狗們，我們會怎麼做呢？」

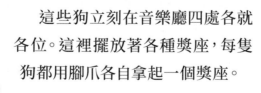

這些狗立刻在音樂廳四處各就各位。這裡擺放著各種獎座，每隻狗都用腳爪各自拿起一個獎座。

愛樂狗狗蒙提

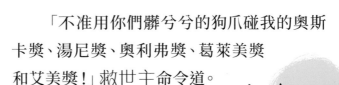

「不准用你們髒兮兮的狗爪碰我的奧斯卡獎、湯尼獎、奧利弗獎、葛萊美獎和艾美獎！」救世主命令道。

「如果你不創作一部跟狗有關的音樂劇，我們就在你的每個獎座上撒尿！」

救世主氣急敗壞到眼淚都要掉出來了。貓兒們開始朝狗狗逼近，嘴裡**嘶嘶作響**。

「貓兒們，快退後！這些狗是認真的！」

他的寵物們都弓起背，慢慢往後退。

「狗狗！我會幫你們寫一部音樂劇！」救世主說道。

「而且還要拿上舞臺演出！」蒙提說道。

「不行！我會成為笑柄的！」

「為什麼？」

「呃……」救世主開口道，「我總不能寫完音樂劇**貓**之後，又去寫音樂劇**狗**。那接下來是什麼？音樂劇**倉鼠**嗎？」

「搞不好會在嚙齒動物界大受歡迎喔！」摳摳推論道。

「絕對不寫！我可是偉大的藝術家啊！」

「救世主，快去寫吧！」蒙提下令道。「不然你的獎座就要遭殃了！」

幸好，對一生中寫過**五百九十七**部音樂劇的救世主來說，在鋼琴上面創作出所有曲子是輕而易舉的事。沒多久，歌曲就一首接一首地被創作出來。裡頭的歌名包括：

「**給我你的最後一條香腸！**」

「馬桶，我舔、我舔、我舔舔舔！」

「四處亂吠」 「窗戶上的口水！」

「**如果你愛我，就搔搔我肚皮！**」

「我睡你的床，你睡我的睡籃！」

「**不是我放的屁！**」

而這部劇裡最引人矚目的的一首歌當然就是：

「**來互聞屁股**」

蒙提還特別要求救世主寫一首歌，不然就在他的終身成就獎獎座上撒尿。它的歌名很簡單，那就是：

「**貓都爛透了**」！

到了黎明，音樂劇就大功告成了。

「動作挺快的啊！救世主。」蒙提恭喜他。

愛樂狗狗蒙提

「事實上，這部音樂劇的創作時間比我平常創作花的時間長多了，」作曲家回答道。「接下來，我會在倫敦精華所在的西區預訂一間劇院——我專屬劇院的其中一間，找個導演、試鏡幾個演員，在這個月的月底之前，讓這齣戲上臺演出。所以狗狗們，你們可以**離開**這裡——也就是我眾多房子的其中之一了嗎？」

「非常樂意。不過為了保險起見，我們會把這些獎座帶走！」蒙提說道，同時指示牠的同伴們照做。

「不行！」救世主說道。

「等到首演那天晚上，你就能全部拿回去了。這是為了確保你會說到做到。」

「好吧！我們就在音樂劇**狗**的首演之夜那天再見吧！」

「嘶嘶嘶！」

所有的貓兒都氣到嘶聲大叫。

一個月後，這群狗聚在劇院外面，這時有許多大人物也都為了這位作曲家最新力作的首演之夜蒞臨現場，有皇室成員、電影明星、和音樂界的傳奇人物，人群熙熙攘攘，爭相進入救世主劇院，準備親眼見證救世主的最新音樂劇作品：**狗**。

　　在蒙提的堅持下，劇院外面有一張看板寫著：**嚴格禁止貓兒進入！**

　　這四隻狗：蒙提、波羅、摳摳和呆呆的座位都在劇院前座，牠們倆倆成對地坐在救世主兩旁。

狗狗們腳爪緊緊抓住他那幾座尊貴的獎座，以防他耍花招。

　　艾瑪諾女爵剛好也是觀眾當中的其中一張名人面孔。但是燈光才暗下來，她就開始打起瞌睡。

　　管弦樂團開始演奏，**音樂盛宴**登場。一顆淚珠從蒙提臉上滾了下來。牠從來沒有這麼自豪過。狗狗終於有牠們自己的音樂劇了，而且還是由有史以來最偉大的作曲家創作的。

「我的救世主，太感謝你了！」蒙提低聲道。「這一夜一定會在狗界歷史上流傳千古。」

「**對啦，對啦，對啦，**所以現在可以把我的獎座還給我了嗎？」救世主懇求道。

「等謝幕的時候吧！」蒙提回答。

「**哼！**」

這場演出耗資甚鉅，一定花了好幾百萬元。蒙提數了數，臺上演員多達五十位，其中很多都是劇院裡有頭有臉的爵士和女爵。他們全都穿上毛茸茸、黏有尾巴的緊身連衣褲，臉也化妝成狗的模樣。五十名演員全都在臺上雀躍地唱歌、跳舞、和互聞屁股。

這場演出十分順利，舞臺布景令人**嘆為觀止**，場景一幕接一幕，銜接流暢，燈光極美。更厲害的是，這位偉大的作曲家完成了他在音樂劇裡的巔峰之作，每首曲子都**精采絕倫**。眾星雲集的觀眾群看得津津有味，就像在吃美味的狗狗巧克力般狼吞虎嚥。

「好啊！」
「再唱一首吧！」
「安可！」

愛樂狗狗蒙提

　　然後是最終曲登場，也就是蒙提逼救世主寫的那首曲
子：

「**貓都爛透了**」。

歌詞內容是這樣的：

貓都爛透了，你不覺得嗎？
沙發上到處都是牠們的毛！
哪有動物像牠們那樣把自己舔乾淨，
然後等到打扮好之後又咳出一團毛？
讓我們打開天窗說亮話吧！
貓不好相處，貓也不漂亮！
牠們老是在脫毛。
超級噁爛。
牠們應該被詛咒，
因為貓兒糟糕透頂！

　　蒙提開心地跟著唱，這時耳邊聽到一個再熟悉不過的
聲音：

「嘶！」

　　這不是普通觀眾的嘶叫聲。完了！蒙提太熟悉這個嘶
叫聲了，那是牠的頭號宿敵！史奈普！那隻討人厭的貓已經
跳上蒙提的椅背。

「是誰把這隻貓帶進來的？」蒙提質問道。

「我藏在艾瑪諾女爵的毛皮大衣裡混進來的。」史奈普嘶聲道

「這裡不歡迎你！」蒙提吼道。「你沒看到劇院外面的牌子嗎？**嚴格禁止貓兒進入！**」

「哦，我看到了，但是貓兒的規矩是自己訂的。這部音樂劇**狗**真是丟臉到家。坦白說，以貓的角度來看，我覺得它**很噁心**！」史奈普冷言冷語道。

「太好了！」

「所有貓兒都覺得噁心！」

「太完美了！哈哈！」蒙提大笑道。

「哦，沒錯，是很完美！這場**復仇**也會很甜美！」

蒙提突然警覺。「你說什麼？什麼復仇？」

「我的貓夥伴們！**進攻！**」史奈普大聲喊道。

突然間，有**幾百隻**貓兒從劇院裡的每件大衣、每只手提包、甚至頭上的假髮裡冒出來。

顯然這一切都是經過**精心策劃**的。

貓兒們朝舞臺上的演員撲過去。

呼咻！

「啊！」

「救命啊！」

「不要！」

貓兒們大咬特咬那些布景，
將它們摧毀殆盡。

 卡滋！

牠們用尖銳的利爪將紅色天鵝絨
簾幕撕成碎片。

 唰！

最慘的是，牠們甚至偷襲劇院裡的
接待員，偷了他所有的冰淇淋桶。

我舔！我舔！我舔舔舔！

場面 極為 混亂。
或者說

是一 **場貓亂！**[4]

4　詳細定義請參考你的威廉大辭典。

「棄守劇院！我們遭受攻擊！貓兒來襲！」
救世主在前排座位一邊大喊，一邊從還在
一頭霧水的狗狗們那裡徒手奪走他的
眾多獎座，準備開溜。

連這場音樂劇的作曲家
都從自己的劇院逃之夭夭，
所有有頭有臉的觀眾
當然也緊跟在後
地逃跑。只除了
艾瑪諾女爵，
她還是睡得很熟。

「齁齁齁！齁齁齁！」

現在劇院裡只剩下四隻狗和幾百隻貓。這些貓把牠們
的宿敵圍成一圈。

「我的狗夥伴們！留下來反擊是件勇敢的事！」蒙提開
口道。「但我覺得以目前情況來看，最明智的方法是**趕快逃
走**！」

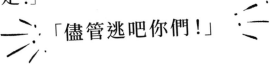

「儘管逃吧你們！」

愛樂狗狗蒙提

　　牠們的確這麼做了。狗兒們腳底抹油似地一路逃過劇院、大街、倫敦精華所在的西區，後面追著一大群貓。

　　「**嘶！**」

　　「**汪！汪！汪！**」

　　回到艾瑪諾女爵的鄉間別墅後，蒙提就像是陷入永遠無法清醒的夢魘裡。每天晚上，史奈普等到艾瑪諾女爵在沙發上打盹時，就會用留聲機播放音樂劇**貓**，牠會把音量轉到最大，大到每個房間都聽得到，甚至連好幾英里外的地方也聽得到。蒙提只好用腳爪摀住耳朵，不停哀號

哀號再哀號！

　　但是這仍無法蓋過貓群齊聲合唱的聲音。

　　「**嘻嘻嘻！**」史奈普一邊執行這可怕的**酷刑**、一邊竊笑。

　　音樂劇**狗**則是一場災難，才上演一晚就被迫下檔。但是沒過多久，救世主就發現他的城堡被一千隻憤怒的倉鼠入侵。牠們氣憤為什麼不只貓有自己的音樂劇，就連狗也有，

但牠們卻沒有。於是可憐的作曲家只好著手進行新作。

　　奇怪的是，音樂劇倉鼠竟然非常賣座。問題是天竺鼠**很不高興。沙鼠也不高興。兔子更是憤怒。**於是夜復一夜，一群又一群憤怒的動物破門進入救世主的城堡，要求作曲家為牠們創作音樂劇。

　　沒多久，倫敦的精華西區

就充斥著救世主為所有你能想到的

各種動物創作的

音樂劇。

倉鼠
音樂劇

蜘蛛猴
音樂劇

沙鼠
音樂劇

壁虎
音樂劇

天竺鼠
音樂劇

虎皮鸚鵡
音樂劇

壞兔兔

　　如果你的飼主是全世界**最糟糕**的飼主之一，那麼你也有可能會變成個全世界**最糟糕**的寵物之一。這就是毛茸茸白兔胡迪尼的命運。牠的名字是根據有史以來最偉大的魔術師哈利·胡迪尼來命名的。但不幸的是，胡迪尼的飼主是有史以來最可悲的飼主，也就是**偉大的肥斯摳**（雖然他真正的名字叫柯林）。

壞兔兔

偉大的肥斯摳是個很邋遢的人，
其邋遢程度使他看起來簡直像是曾被
人拖過籬笆一樣。他留著又長又雜亂
的八字鬍，身上穿著一件閃閃發亮
的紫色西裝，使他乍看像是演藝界
的明星一樣。然而在西裝裡面，
他只穿著一件破舊的網眼背心，
能直接讓西裝塑造的幻象
破滅。

　　偉大的肥斯摳就像多數專為孩童
表演的表演人員那樣：**討厭小孩**。這位魔術師保證能毀掉
小孩的派對。肥斯摳的每場魔術表演快要結束時，不管壽星
是男孩還是女孩，都會被他弄得淚眼汪汪，因為**偉大的肥
斯摳**會：

舔光所有果凍和冰淇淋……

咕嚕！

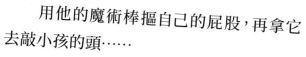

拿一個大人的手錶表演變消失術，
但從來沒再把它變回來過……

用他的魔術棒摳自己的屁股，再拿它
去敲小孩的頭……

抓抓搔搔！

遞給過生日的小女孩或小男孩超
多特製充氣氣球，數量多到他們都升
空飛走了……

表演知名魔術戲碼：
把人鋸成一半，結果完全忘了
如何施展魔術……

壞兔兔

洗撲克牌時會突然打個噴嚏，害得每張牌都沾到他的鼻涕，然後再找一個小孩從中「挑出一張牌」……

「哈啾！」

最糟糕的是，肥斯摳會從他的高頂禮帽裡猛地拉出胡迪尼……

「呀啊啊！」

對**偉大的肥斯摳**來說，這隻兔子只是另一個道具。等到他騎著那輛連著邊車的紫色摩托車，載著胡迪尼從當天的生日派對現場返家後，他會把兔子推進破爛的籠子裡。這個又黑又髒又潮濕的籠子多年來一直塞在肥斯摳的露營車底下。然後**偉大的肥斯摳**會把一根發霉的紅蘿蔔從籠子的柵欄縫隙裡塞進去，給牠當晚餐。

「拿去，妳這隻臭兔子！」他咆哮道，「好了，不准再鬼吼鬼叫地半夜吵我起床，我才不管**狐狸**是不是又跑回來。**偉大的肥斯摳**需要睡個美容覺！」

在露營車營地裡，每天晚上都有**狐狸**四處遊蕩。狐狸最愛吃的莫過於多汁鮮嫩的兔子。然而，牠們也許可以用腳爪撥弄兔籠，卻始終無法闖進籠內。胡迪尼每次都瑟縮地躲在最裡面，巴不得能把自己變不見。

我們的故事就從某個星期六的下午開始講起，當時**偉大的肥斯摳**已經有一個去小孩的生日派對裡表演的工作預約。儘管肥斯摳表演得很糟糕，但還是有活兒可以做，因為他是城裡價格最便宜的表演魔術師。一如往常地，肥斯摳太晚起床了，而且脾氣非常暴躁。原來他整晚都在狼吞虎嚥昨天偷來的生日蛋糕，結果現在在**鬧肚子痛。**

壞兔兔

　　他跟跟蹌蹌地走出露營車，旋即被自己
掛在晾衣繩上的內褲纏住。

「啊！」

「該死的內褲，給我滾開！」
他咆哮道。

「嘻嘻嘻！」胡迪尼竊笑。
　　被嘲笑讓肥斯摳很是火大，於是用靴子
去踢兔籠。

框啷！框啷！

「閉嘴！妳這隻噁心的兔子！」

「看在老天爺的份上，
請善待你的兔子好嗎？」
住在隔壁拖車的和藹
老太太喊道。

　　她的名字叫芭布絲。她的身高沒有她的歲數來得高（七十五歲了），但是她那一頭濃密的白色捲髮保證大家都一定會注意到她。芭布絲是露營車營地裡有史以來最和善的人。她對每個人都**笑容可掬。**

　　「妳這個死老太婆，給我閉嘴！」肥斯摳吼回去。

　　「噢，討人厭！」芭布絲氣呼呼地說。

　　「妳給我出來！」肥斯摳說道，同時把髒手伸進籠子裡，將兔子抓出來。

　　「啊！」胡迪尼尖叫道。

　　「不准『啊』！」他喊道。

　　胡迪尼受夠了，於是用牠那又長又尖的牙齒用力咬魔術師的手。

　　卡滋！

　　「噢嗚！」他痛得大叫。「臭兔子！」

　　「你活該！」芭布絲冷冷道。「痛死你最好！」

　　肥斯摳**很生氣，**直接把兔子丟進摩托車的邊車裡⋯⋯

咚！

然後跨上摩托車，發動引擎**猛催油門。**

轟隆隆！

壞兔兔

然後他竟然朝芭布絲直接衝過去！

「你給我停下來！你這個瘋子！」她喊道。

但他繼續加速前進。

隆隆隆！

芭布絲趕緊跳開讓路，及時跳進灌木叢裡。

隆隆隆！

「哈哈！」肥斯摳一路冷笑地駛
出露營車營地，胡迪尼的耳朵在風中
翻飛。牠回頭看見可憐的芭布絲
正從灌木叢裡爬出來。

等到摩托車在生日派對的屋子
前面戛然止住時，肥斯摳對他的
兔子訓斥了一番。

「妳最好給我乖一點，妳這個討人厭的
東西！」說完，就把牠從邊車裡拉出來，塞進他的高頂禮帽
深處。

「呀！」胡迪尼喊道。

「妳給我進去！」

牠索性咬了肥斯摳的鼻子一口。

咬！

「噢嗚！」他痛得大叫。「**壞兔子！妳給我待在這**
裡！」他說道，同時把兔子塞得更深，放進他禮帽漆黑深處
的祕密夾層裡。

叭唧！

然後**偉大的肥斯摳**戴上高頂禮帽，**搖搖晃晃**地走進生
日派對裡，然而他已經遲到了好幾個小時了。

壞兔兔

一如往常地，他完全忘了壽星的名字。

「蘇西，生日快樂！」他低吼道。

「我叫弗萊迪！」壽星男孩糾正他。

「嘻嘻！」弗萊迪的小弟山德竊笑。

「**隨便啦！**」肥斯摳吼道。「現在都坐下來，閉上嘴巴好好欣賞我把一隻噁心的兔子從帽子裡變出來。」

但是不管**偉大的肥斯摳**怎麼試，就是沒辦法把胡迪尼變出來！

肥斯摳猛力敲打帽子。

碰！碰！碰！

用盡力氣甩動帽子……

搖搖搖！

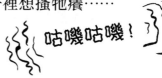

拿帽子猛砸桌子……

砰！

像飛盤一樣拋出去……

呼咻！

把他那長長的八字鬍塞進帽子裡想搔牠癢……

咕嘰咕嘰！

把帽子扔到空中……

呼咻——

把魔術棒戳進帽子裡……

我戳我戳我戳戳戳！

甚至往裡頭咆哮……

「胡迪尼！出來！妳給我出來！」

把頭塞進帽子裡，然後原地上下彈跳……

蹦！蹦！蹦！

偉大的肥斯摳甚至對著他的高頂禮帽放了

大臭屁，他肯定這臭屁一定能把兔子熏出來。

噗！

兩個兄弟趕緊摀住鼻子，回頭看著

他們的爸媽。

「以後我的生日派對不要找他！」山德喊道。

「他的價格最划算啊！」他爸爸說道，他媽媽則是搖著頭。

「以後不要再請他來了，拜託！」弗萊迪懇求道。

很不幸的是，臭屁還是不管用。胡迪尼就是不出來！

反正牠就是不讓肥斯摳如願以償。胡迪尼就像牠的名字

一樣——這是一位精湛逃脫大師的名字，正一路往上

壞兔兔

啃蝕，想從帽子頂端逃出來。

　　我啃！我啃！我啃啃啃！

　　等了這麼久的孩子，一看到那隻兔子以最意想不到的方式出現在眼前，

都開心極了。

他們**鼓掌歡呼**。

「好ㄟ！」

涙汪汪
米曹米盖·壞寵物

偉大的肥斯摳很火大這隻兔子竟然
搶走他的風頭。

「壞兔兔！給我回去！」他吼道，同時
把兔子往帽子裡頭推。但是胡迪尼已經啃出一
個洞，於是又從洞裡掉出來，*砰*地一聲屁股著地。

胡迪尼刻意討好孩子們，故意在地上搓揉
牠那疼痛的屁屁給他們看。這動作又惹得他們
哄堂大笑。

「哈哈哈！」

弗萊迪和山德都笑到在地上打滾，
還笑到肚子痛。

「嘻嘻嘻！」

偉大的肥斯摳被激怒了！他一
把抓起兔子，把牠拎出派對現場。

「不要走！」弗萊迪喊道。

「這太好笑了！」山德也
說道。

「胡迪尼，妳絕對絕對不准
再跟像剛剛一樣，在舞臺上搶我風頭！」

壞兔兔

魔術師大聲喊道。「我是**偉大的肥斯摳**，妳給我記牢了！」

話說完，他就把兔子丟進摩托車的邊車裡。

碰！

「呀！」胡迪尼痛得大叫。

「妳活該！」

兔子趁魔術師跨上摩托車時，逮住機會，用盡全力狠咬他的屁股。

「哎喲！」魔術師痛得放聲尖叫，跳到半空中。「壞兔子，妳看我回家之後怎麼收拾妳。」

偉大的肥斯摳發動引擎……

隆隆隆！

沿著街道揚長而去。

呼啾！

他在回家的這一路上不斷對著兔子咆哮。「**妳好大的膽子！我是巨星級的魔術師！在這方圓一英里內，大家都求我去小孩的生日派對上表演！至於妳，什麼都不是，只是一個道具而已！**」

　　但胡迪尼知道自己並非只是道具而已。牠在派對裡逗樂了那些孩子，牠相信牠一定可以再辦到的。

　　摩托車飛快穿過大門，進入被他們稱作「家」的露營車營地。

　　偉大的肥斯摳一看到芭布絲正在曬衣服，立刻加速朝她衝去。

　　轟轟轟轟轟轟！

　　「**啊！**」她放聲尖叫，趕緊跳開讓路給摩托車，結果跌進泥塘裡。

啪搭！

壞兔兔

「哈哈!」肥斯摳一邊冷笑一邊在他的露營車前面戛然煞住。

「胡迪尼,來吧,妳這個可愛的小東西!」他的語調令胡迪尼警覺起來,因為牠看得出來他是裝的。「讓我們把妳放進妳那可愛的小籠子裡。」

然後肥斯摳少做了一件平常都會做的事,他沒有鎖上籠門。「希望今天晚上那些淘氣的狐狸不會跑來把妳吃掉。祝妳有個好夢囉,我的小兔兔!」

正當胡迪尼準備跳出去時,牠看見幾隻狐狸從暗處走出來。

「吼吼吼吼吼吼吼吼!」

牠們的森森尖牙在月光下閃閃發亮。如果胡迪尼不趕快採取行動,恐怕就要成為狐狸的食物了。

在籠門上方觸手可及的地方剛好掛著一件肥斯摳的超大內褲。胡迪尼往上一跳,將內褲從曬衣繩上硬扯下來。

彈!

然後讓內褲滑落在牠前方,再趁機跳上露營車。

完美的逃脫術!

　　狐狸們完全不知道兔子跑哪兒去了，於是正瞎忙著亂跑呢。

　　「凹嗚！凹嗚！凹嗚！」

　　胡迪尼爬上拖車頂部。現在她要對那個一點也不**偉大的肥斯摳**展開復仇了。牠從車頂聽到肥斯摳正在底下的錫製澡盆裡潑著水。

嘩啦！嘩啦！嘩啦！

　　於是牠往下伸手，把肥斯摳用來表演魔術的鋸子從摩托車的邊車裡掏出來，再逐一鋸掉露營車的外緣。

挫！挫！挫！挫！

　　露營車營地裡的人開始朝這裡聚攏，他們都想知道發生了什麼事。胡迪尼用腳爪比在嘴巴前面，要他們別出聲。

　　「噓！」

　　牠不想毀了這個**驚喜**！

　　這是一件很費力的事，不過沒多久，這隻兔子就鋸好了四個邊。然後腳爪輕輕一推，拖車四面的牆應聲倒地。

碰！碰！碰！碰！
就像神奇的魔術戲法一樣，變出了**偉大的肥斯摳**！
魔術師正全身光溜溜地坐在澡盆裡。

現在露營車營地裡的每個人都看得到他！

群眾指著他放聲大笑。

「哈哈哈！」

「不要忘了洗你的屁屁喔！」芭布絲喊道，她笑得比誰都大聲。

「哈哈哈！」

魔術師抬頭一看，發現胡迪尼正棲在一棵樹的樹枝上。

「妳這個討人厭的小惡魔！我會逮到妳的，胡迪尼！我死也要逮到妳！」他吼道。肥斯摳正要站起來去追牠，卻突然意識到自己全身光溜，又趕緊坐回澡盆裡。

壞兔兔

「快拿些東西讓我穿上！」他大喊。

芭布絲拾起一雙他的拖鞋。

「這給你穿！」她用愉快的語氣一邊說一邊遞過去，引得大家哄堂大笑。

「哈哈哈！」

現在胡迪尼只剩下最後一個戲法要變，那就是把**偉大的肥斯摳**永遠變不見。牠從樹枝上疾奔下來，接著從邊車裡拿出好幾百個氣球，然後用力吹起氣球，每吹飽一個，就把它綁在澡盆上。

「那隻兔子要做什麼啊？」一個老先生問道。

「我想我知道。」芭布絲回答。「大家來吧，我們一起來幫忙胡迪尼。」

露營車營地裡的每個人都去拿還沒吹的氣球，用魔術師的汽缸來打氣。

「嘿！」**偉大的肥斯摳**喊道。

「你們拿我的氣球
要做什麼？」

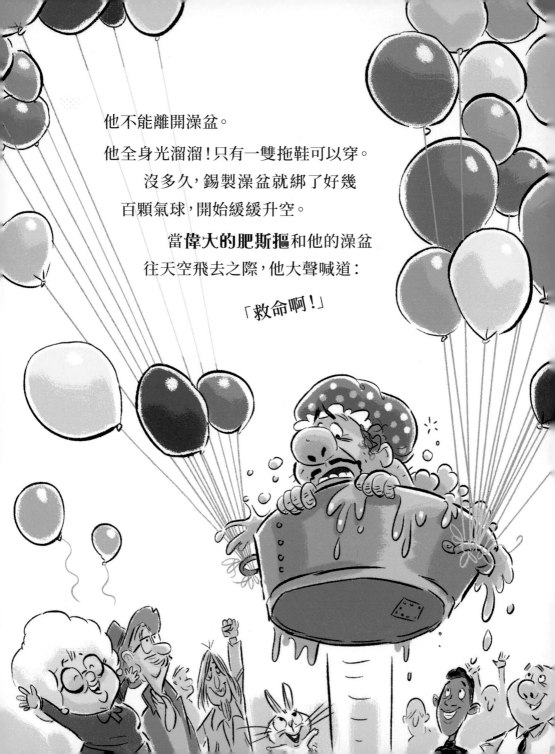

他不能離開澡盆。

他全身光溜溜！只有一雙拖鞋可以穿。

沒多久，錫製澡盆就綁了好幾
百顆氣球，開始緩緩升空。

當**偉大的肥斯摳**和他的澡盆
往天空飛去之際，他大聲喊道：

「救命啊！」

大家都很高興能擺脫他。

「好ㄟ！」

偉大的肥斯摳不斷往上飄，

愈飄愈高，愈飄愈高，

很快就變成天空的一個點點，

永遠消失不見了。

這是**偉大的肥斯摳**的**最後一個**魔術戲法！

兔子抬起腳爪，向這個討人厭的糟糕飼主
揮手做最後一次的道別。

所以胡迪尼後來怎麼了？這隻兔子成了全職的魔術師，專門在小孩的派對上表演魔術，牠的藝名是：

☆ ✦ **壞兔兔胡迪尼！** ✦ ✦

胡迪尼最厲害的魔術招數就是從高頂禮帽裡頭拉出一個人，這個人不是別人，正是牠那迷人妖豔的助理──

芭布絲！

「搭啦！」

一個大反派的貓
所寫下的祕密日記

 星期一

親愛的日記：

你能相信我已經整整一個星期都被困在一間寵物店的櫥窗裡嗎？

一個大反派的貓所寫下的祕密日記

噢，那個吵鬧聲！還有那些動物！再加上飄過來的屎尿味！

今天一大早，可憐的我都快生無可戀了，一個神祕的禿頭男子身穿邪惡的獨裁者才會穿的那種十分迷人的卡其色外套，大搖大擺地走進寵物店裡。他立刻看上了我。這也難怪，我坎迪拉布拉哪怕不是全世界最漂亮的貓，也稱得上是店裡目前為止最漂亮的一隻毛茸茸的白貓！

「因為一場不幸的意外，我在一座水底下的基地裡失去我的上一隻貓。」他用一種難以分辨出處的的口音說道。究竟是俄國口音？瑞士口音？還是伯明翰呢？

「意外總是難免。」寵物店老闆嘴裡咕噥道。他顯然完全沒在聽神祕禿頭男說的話。

「這隻貓會嘶嘶叫嗎？」禿頭男問道。

「你是說牠會**親一下**嗎？」寵物店老板問道，表情有點擔心。

「不是，我是說嘶嘶叫，你這個笨蛋！我要的是一隻會嘶嘶叫的貓！」

「會**親一下**的貓？我強烈建議你不要親這隻貓。你又不知道牠嘴巴碰過什麼！」

「不是，我是說嘶嘶叫！」

「喔，會啦，坎迪拉布拉會嘶嘶叫！你看！」話說完，寵物店老板就猛拉我的尾巴，他知道我最討厭人家碰我尾巴。

「嘶！」我嘶聲作響。

「那我就要這隻了！」禿頭男說道。

「現金價一百英鎊！」

在我來看，一百英鎊太便宜了。我還以為我身價很高呢！可是禿頭男顯然有自己的想法，因為他掏出一把雷射槍，當場**處理**了寵物店老板。

「啊！」

寵物店老板**憑空消失**了。

呼嚧！

滋滋滋！

一個大反派的貓所寫下的祕密日記

　　好吧，我開始懷疑這個神祕禿頭男不是善類。他看起來人不是很好。

　　「我叫 X 博士。」

　　「我叫坎迪拉布拉！」我回答，同時伸出我的腳爪。

　　我們握了握手。

　　「歡迎來到我的邪惡世界！」他說道。

　　我微微一笑。

　　X 博士把我放進一個純金的貓盒裡（看上去很時髦，但是很不舒服，會坐到屁股麻掉），然後就被直升機（雖然方便但很吵）載到一座祕密島嶼（很漂亮但很偏僻）。這座島嶼在我們飛近時才從海裡浮上來。

　　呼咻咻咻咻！

　　「哇！太難以置信了！」我說道，不過螺旋槳吼叫的聲音那麼大，X 博士聽不到我的聲音。

　　「你說什麼？」

　　「我說哇！太難以置信了！」

　　「什麼？」

　　「沒事！」

　　「什麼？」

原來這座島嶼是 X 博士的最高機密犯罪組織：XXX 的最高機密基地。XXX 專精於敲詐、勒索和復仇。不過 XXX 裡的工作人員似乎人都不錯。

他們都是靠練習空手道、摔跤和互相射擊火焰噴射槍來消磨時間。**我不確定他們做這些練習的目的是什麼，不過看上去很累人。**親愛的，這絕對不適合我。謝天謝地，我只是一隻貓，沒有人會要求我做這種苦差事。

X 博士把我帶到他的**祕密巢穴**，還把一條閃閃發亮的鑽石項圈戴在我的脖子上。（我一想到它的價格就不由得發抖，不過**寶貝，我值得**。）「鑽石恆久遠，」他輕笑道，「除非你惹我不高興。」

「我何必惹你不高興呢。博士，謝謝你。」我說道。

接著他把我抱起來，放在他的膝上。「坎迪拉布拉，你要坐在這裡一整天，只要誰惹怒我，你就對他放聲嘶叫。」

一個大反派的貓所寫下的祕密日記

「嘶!」我嘶叫出聲。

「太完美了。」他滿意地輕聲說道,然後把手伸進魚缸裡,撈出一條**食人魚**餵我。

我必須說我並不喜歡那個味道,但我還是當隻聽話的寵物,乖乖吞了牠。

不知不覺,已經到了晚上,我就睡在博士那張有四根帷柱的大床上,心想我可能是這世上運氣最好的貓了。

我知道你在想什麼……貓又不會拿筆,你是怎麼寫日記的?當然是用打字的,你這笨蛋!

 ### 星期二

我最親愛的日記:

博士從床上醒來時,腦袋裡只有一件事——邪惡的計畫。原來這麼多年來,他有過**很多**邪惡計畫,但很不幸地,沒有一項成功過:

把月球移到太陽前面,讓地球陷入**永遠的黑暗**……

把白金漢宮縮小,這樣他就能把它放進他的口袋裡,帶著它逃跑……

打造一大群殺手級的**香蕉機器人**,摧毀地球……

偷走世界上**所有的襪子**,造成襪子短缺,再以一百倍的高價賣回去給大家……

一個大反派的貓所寫下的祕密日記

奪取**天氣**的控制權，再用毛毛細雨來
威脅這世上的每個國家，除非他們給他
一兆美元，外加一袋棉花糖……

把多到數不清的**瓢蟲**釋放到
全世界……

把這世界全體人口都轉變成起司……
劫持美國總統的**內褲**，要求贖金……

占領全世界的所有電視臺，強迫
每個人**永遠**只能觀看園藝節目……

在床上舒適地享用早餐時——
X博士吃的是炒蛋，而我則又活吞了
一條**食人魚**（我開始懷念起傳統的
貓食了）——這個邪惡的首腦又在解
說他最新的計畫。

「坎迪拉布拉，我要接管**整個世界**！」他開口道。

「噢，親愛的，這樣很好啊。」我回答道，
同時正充分地享用在我嘴裡不停
拍打的**食人魚**。

「我已經找到一座巨大
的**火山**，我要把它挖空！」

「希望你已經拿到
施工許可了！」我說道。

「我要在裡面建造
太空火箭發射臺和單軌列車。」

「噢，我一直想要坐坐看單軌列車！樂高主題公園裡就
有一座！」

「還要有**上百個人**穿著連身工作服為我工作！」

「連身工作服，是嗎？這可不討人喜歡！它們會讓你看
起來屁股**超大**！不過博士，你繼續講，我洗耳恭聽。」我催
促他。

「坎迪拉布拉，等我的**巨型火箭**造好了，我會開始劫持
所有世界強權的太空船。他們就會怪到彼此頭上，威脅要展
開世界大戰！」

一個大反派的貓所寫下的祕密日記

「噢，別又發生大戰了，那會是第三次世界大戰！」

「我們都知道我 X 博士終將完成使命，從文明的廢墟裡站起來，**統治這個世界！**」他大聲宣布。

「統治世界？」我說道。

「感覺好像要費很大的力氣，親愛的，這不適合我！」

 ## 星期三

親愛的日記：

噢，真是太棒了！我才醒來，我的博士就把我從一架私人噴射機上抱了下來（機上的腿部空間不太夠，但至少我們不用在機場裡排隊等候），等著視察全新的**最高機密地下基地**的工程進度（你知道的，就是在**火山**裡的那個基地）。可憐的建築工人日夜趕工了好幾個星期，想把那玩意兒快點挖空。

「坎迪拉布拉，這些是新來的建築工人，」X 博士說道。「以前那些建築工人動作太慢，都被我用雷射槍**處理掉了**！」

「博士，這有點太嚴屬了吧！」我評論道。

　　然後他查閱了一下**最高機密**地下基地計畫。「所以這裡會有一個水池。」他邊說邊指著一個邊角地帶。

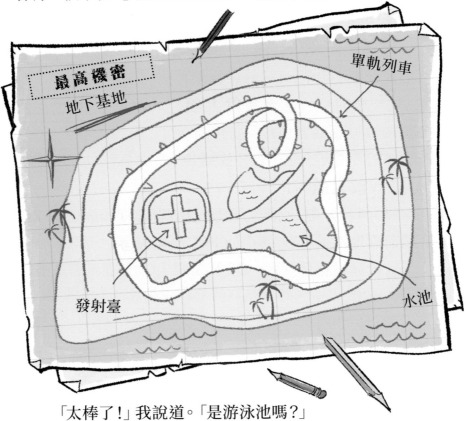

最高機密
地下基地

單軌列車

發射臺

水池

　　「太棒了！」我說道。「是游泳池嗎？」

　　「不是，是養**食人魚**的池子！」

　　我的心情一沉。我對那該死的東西已經厭煩透頂。「我

一個大反派的貓所寫下的祕密日記

不想掃你的興，但是養一池鱈魚如何？
或鮪魚？還是橡木燻鮭魚怎麼樣？」
我微笑提議道。

「**不行！**」博士大吼。唉喲，他的
脾氣還真不小。好吧，這就是超級大反
派，你知道的。「一定要養**食人魚**！
哪個有自尊心的邪惡犯罪首腦會養
一池子的煙燻鮭魚？一定是養鱷魚、
鯊魚、或**食人魚**啊！」

「好吧，好吧，別激動，頭髮都豎起來了，親愛的。」我
不假思索地說道。啊，完了！X 博士**滿臉怒容**。

「坎迪拉布拉，你在開我玩笑嗎？」他語帶威脅地輕聲
道。

「*沒沒沒*⋯⋯*沒有！*」我結結巴巴地回答。

「我可不希望看到任何『*不幸的意外*』發生在你身
上。」

「*不幸的意外*」這幾個字從他嘴裡吐出來，那語氣令
我不禁覺得那絕對不會是意外，於是我很快地轉移話題。

「博士，請繼續說明你的邪惡計畫吧！」我央求道。

「在**食人魚**的池子上方，我要蓋一座橋。」

「哦，真不錯，可以很浪漫地在橋上散步，欣賞風景。」我說道。

「我的辦公桌上會有個祕密按鈕來控制那座橋。」

「噢，親愛的，」我說道。「我想我懂你的意思了。」

「只要有誰讓我不高興，我就按下按鈕，橋上的活動門會自動打開，讓他們掉進**食人魚**池裡。  他們就會被生吞活剝。」

「噢，聽起來很痛！親愛的，我可不想掉下去。」我回答道。

「如果你再批評我的禿頭，這就會是你的下場！」他邪惡地咯咯笑。「哈哈哈！」

我可以告訴你，當時的氣氛真是僵到不行。

 ## 星期四

我最最親愛的日記：

今天早上博士帶我去坐了一會兒單軌列車，

真是太開心了。不過老實說，如果要從**火山**的
其中一頭到另一頭，用走的反而會比較快。但我不
敢提，因為他對建築工人好像還是**很不爽**。所有工程
進度都**大大落後**，而他計畫用來在展開劫持行動的太空
火箭隨時會發射。

「第二家公司的建築工人比第一家動作還慢！」他後來
在他的**最高機密**巢穴裡抱怨道。巢穴裡有很多岩石和高科
技產品。如果你喜歡那種東西，就會覺得那兒挺好的，但對
我而言，一點也不，親愛的。

「我應該對著他們發出嘶嘶叫嗎？」我提議道。
「不用，我打算消滅所有建築工人！」他說道。
「這有點過頭了吧！」我說道，同時咳出一坨毛球。
然後他大聲喊道，「叫我那幾個心腹進來！」
於是，三個非常嚇人的身影進入**最高機密**巢穴。

第一個走進來的是一個高個子男人，滿嘴**銀牙**。（我在想他一定是從小就來**沒有刷過牙**。）

　　接著是一個矮胖的男子，頭上戴了一頂可以殺人的圓頂禮帽（有點像是~~奪命飛盤~~）。

　　最後是一位老太太，她的鞋子可以彈出匕首（不確定這雙鞋是不是在商店街買的）。

　　「嘶！」我發出嘶聲。

「不要對他們嘶嘶叫！」X 博士說道。「這些都是我的心腹！」他對他們說：「我要你們除掉所有建築工人。」

心腹們全都點頭，魚貫離開巢穴。他們不太笑，但看起來人還不錯。

 星期五

我最最最親愛的日記：

我可以告訴你，我現在變成了犯罪首腦的貓！第三家建築公司的建築工人已經在博士的**火山**那裡繼續趕工，終於就要準備就緒！**搭啦！**他們甚至還記得幫我設置了貓兒專用的便盆。真是令我深感安慰，因為我已經好幾天沒去方便了！

但是就在我準備方便時，警報突然響了。

哇！哇！哇！哇！

那聲響大到我瞬間沒了便意。我是不知道你啦，但我便便時是需要安靜的。

警報會響是因為那座**火山**的巨型金屬天花板正在滑動。天花板的頂端看起來很像一座湖泊，這實在是很聰明的詭計，不過對於想跳下來游泳的人恐怕會跌得很痛。

噢，親愛的，這不適合我，我是不會跳的。

在**火山**底部，所有穿著連身工作服的人都在跑來跑去，盡可能裝作很忙的樣子。我注意到他們只是繞著圈子跑來跑去，什麼事也沒做。好吧，我猜當你受雇於一個邪惡的犯罪首腦時，裝忙也是合理的。

「發射**巨型火箭！**」X 博士下令道。真是不可置信，原來當他想要的時候，聲音也可以這麼威嚴。

於是這個又大又醜陋的東西——長得像是超大的衛生紙捲筒的東西，就從**火山**基地起飛了。

轟隆隆！

火箭**怒吼**，噴出火焰！
我感覺到全身變得愈來愈燙！
「我全身蓬鬆的白毛要燒焦了！」我喊道。

「中止起飛！」

「安靜！」 x 博士喊道。

「你當然沒差啊！
你又沒頭髮！」

完了！

現場的氣氛瞬間僵掉。
「哦，你想要變禿頭嗎？」他問我。
「噢，親愛的，那不適合我。」
「我池子裡的**食人魚**可以瞬間替你除毛！」
「容我告辭一下，」我說道，「我有急事要辦，
我要去方便一下！」

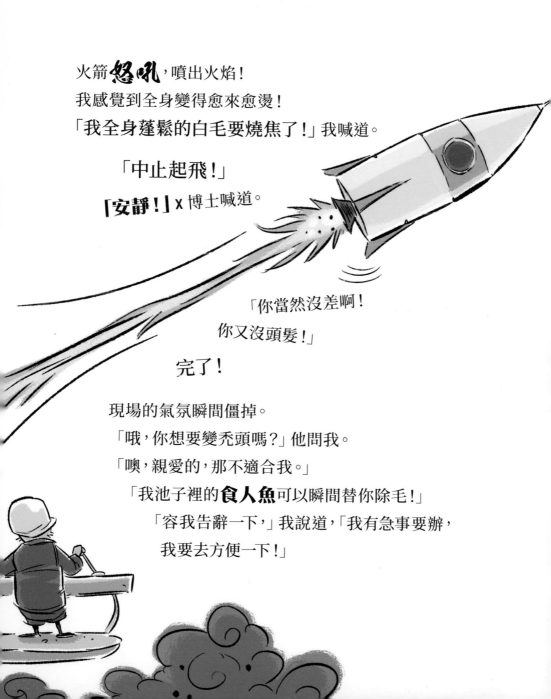

但我都還沒走到便盆那裡，**巨型火箭**就又回到發射臺了！

它降落在**火山**底，裡面裝著一個很小的蘇俄太空艙。太空人被穿著連身工作服的人逼著登上單軌列車。他們繞了一圈，從剛剛上車的地點下車。**毫無意義！**

 星期六

我最親愛的日記：

在經歷昨天的頭髮事件後，我和博士陷入了冷戰。我們完全不說話，這感覺好怪！於是我又溜去便盆那裡想再上一次廁所。

就在我蹲下毛茸茸的白色屁股，打算方便時，警報又響了！

哇！哇！哇！哇！

噢，真是吵，親愛的，我真不喜歡這聲音！

天花板又滑開來，**巨型火箭**噴出火焰，再度衝上天空！

一個大反派的貓所寫下的祕密日記

穿著連身工作服的人再次繞著圈子跑來跑去，假裝很忙。

等到我終於有心情方便時，那個該死的警報又響了！**巨型火箭**回來了，這一次裡面裝著美國太空艙，太空人被穿著連身工作服的人逼著登上單軌列車，然後一樣繞了一圈就下車了。**真是可笑！**

我完全放棄了方便這件事。反正也不是第一次了。我躡手躡腳地走回博士那裡，跳上他的大腿。

「做得好，親愛的！」我試圖打破僵局地說道，但他沒跟我說話。

「其中一個太空人我以前見過！我很確定！」他自言自語道，

噢，真是夠了！

 星期日

日記，我親愛的日記：

你知道嗎，x 博士說對了！其中一個美國太空人確實是一個很有名的英國傳奇祕密探員偽裝的，他叫 **006 又二分之一**。他和博士之間有過節，看彼此不順眼。

　　博士的三個心腹押著那位祕密探員走向 x 博士的巢穴，他們就站在橋上，006 又二分之一剛好就站在活動門的上方！還真是陰險啊！

　　我盡可能地對著祕密探員嘶叫。「嘶！」我發出聲音，但怎麼叫聽起來都像是在呼嚕呼嚕叫。「呼嚕！」

　　我忍不住啊！親愛的。006 又二分之一長得真帥！簡直帥爆了！他又高又英俊，再加上最迷人的笑容。他有的，x 博士通通都沒有！難怪他會這麼討厭 006 又二分之一！

　　結果原來這位祕密探員是在執行祕密任務，他是故意來到祕密基地想查出這裡的機密計畫。如果我是他的宿敵，他一次又一次地毀了我統治世界的計畫，我想這時我會掏出一把槍，砰砰砰！當場斃了他就行了！但是我的博士可沒這麼乾脆，他想要折磨他！太蠢了！

　　「006 又二分之一，我們又碰面了！」他說道。

　　「一座被挖空的**火山**！」祕密探員說道。

一個大反派的貓所寫下的祕密日記

「這還真是個爆點!」

006又二分之一人帥就算了,竟然還這麼幽默!

「哈哈哈!」我笑了起來。

「安靜!」X博士吼道。他壓住我,力道大到害我咳出了一坨毛球。

咳噗!

真是不好看。

「006又二分之一,真是不好意思,」我說道,「X博士只是見你在這裡所以想炫耀一下。」

「我才沒有!」X博士屬聲道。

「親愛的,你有!」我說道。「006又二分之一人比你帥,又比你風趣,頭髮也比你多,這又不是他的錯!」

好吧,這番話是把博士激怒了。

「坎迪拉布拉,你給我到食人魚池裡去!」他喊道,隨即把我拎起來,朝水面丟過去。

006又二分之一跳了起來,雙手接住我。

「你是我的英雄!」我喵嗚道。

然後我就看到X博士伸手要去按桌上的祕密按鈕。「快跳開!」我喊道。

006又二分之一及時跳開。

　　三名心腹朝他衝過去！仍抱著我的006又二分之一靠他那高超的格鬥技巧將他們一個接一個地掃進池子裡。

　　嘩啦！稀哩！嘩啦！

　　「啊！」

　　「救命啊！」

　　「不！」

　　這三個人都被**食人魚**生吞活剝了。

　　嚼！嚼！嚼！

　　這時，X博士從座位上起身，掏出他的雷射槍。

　　「再會了，小貓咪！」006又二分之一說道，同時將我拋向X博士。

　　呼咻！

　　我落在X博士的禿頭上。

　　啪啦！

尾尖剛好戳進他眼睛裡，害他什麼都看不到。於是 006 又二分之一趁機撲上他，徒手奮力搶下博士手裡的雷射槍，拋進**食人魚**池裡。

噗通！

盛怒之下的 X 博士一把抓住頭頂上的我，把我甩了出去。

呼——咻——

「喵**！**」

我砰地一聲跌在他的桌上。

現在 006 又二分之一和 X 博士

正在那座橋上搏鬥。

　　橋上的活動門已經又關上了，這兩人正在它附近扭打，像跳國標舞一樣。我現在只需要抓對時間按下那個按鈕就行了。

　　X博士已經把006又二分之一引到他想要的位置，也就是活動門的正上方。

　　「坎迪拉布拉，快按下按鈕！」X博士大聲喊道。

　　可是親愛的，我感到兩難，我很掙扎！

　　「你在磨蹭什麼？」他質問道。

　　006又二分之一很聰明，他知道這是怎麼回事，於是他把他的宿敵硬是扳到那個位置上，現在換X博士站在活動門上方了。

　　「小貓咪，快按那個鈕！」祕密探員喊道。

　　我按了下去，然後……

　　嘩啦！

　　X博士掉進**食人魚**池裡。

　　超級大壞蛋瞬間被生吞活剝。

　　「啊！」

　　「哎喲！」我玩笑道。

一個大反派的貓所寫下的祕密日記

這時 006 又二分之一拉下了基地巢穴牆上的祕密自毀裝置拉桿。

嗶！嗶！嗶！

「火山將在一分鐘後爆發，倒數計時中！」

一個人工語音透過擴音機傳出來。

006 又二分之一轉身要走。

「你不帶我走嗎？」我哀求道。

「不要，我討厭小貓咪。」他冷冷地說道。「尤其是毛茸茸的白色貓咪！牠們跟我的男子漢氣概很不搭。這也是為什麼我養了一隻貴賓犬。」

「算了，反正我也討厭自以為是的祕密探員！」我回嗆他，就是這樣！

於是當他跑過那座橋，經過活動門時，我按下桌上的按鈕。嘩啦！

「啊！」同樣被**食人魚**生吞活剝中的

006 又二分之一哭喊道。

「**火山將在三十秒後爆發，倒數計時中！**」

人工語音說道。

這時一群穿著連身工作服的人衝進巢穴裡。

「X 博士在哪裡？」他們問道。

「被他自己的**食人魚**吃掉了！噢，真是諷刺！我早就告訴過老闆應該在池子裡養橡木燻鮭魚，他就是不聽。」

「所以現在誰是老大？」

我環顧四周，坐在 X 博士辦公桌後面的人是我。感覺還不錯。

「我！」我回答。「我現在要登上**巨型火箭**，發射到外太空！我會從那裡毀了整個世界！」

然後我邪惡地大笑：「嘻嘻嘻！」

噢，親愛的，這太合適了，這是屬於我的時刻！

我飛進了外太空。黑暗中，我一路往上飛，從那裡俯瞰地球。

在**巨型火箭**的
控制面板上有一個
很大的紅色按鈕，上面寫著：

要摧毀地球……
就按這裡
祝你有愉快的一天！

按這個一定沒錯！
於是我用我那粉嫩的小腳爪猛地一拍。
啪！
一道巨大的**雷射光**從這艘火箭射向地球。

滋滋滋！

隆隆隆隆隆隆！

地球瞬間被炸成無數碎片。
「嘻嘻嘻！」我再度邪惡地大笑。

但是這時我突然恍然大悟。我坐在**巨型火箭**裡，獨自漂浮在外太空，完全**無處可去**。我沒辦法回到地球，因為我已經摧毀了它，我也已經用完燃料，最糟糕的是，艙裡一罐貓食、一點貓砂也沒有，而且我到現在都**還沒有**便便。

我注定要在又冷又黑又虛無的外太空裡漂流到時間的盡頭。**親愛的日記**，老實說，我覺得自己**有點蠢**。

還有，我現在絕對可以啃下一個**食人魚**三明治！

X 貓坎迪拉布拉

迷你馬畢卡索

　　莫莉卡多是個含著銀湯匙出生的女孩。這句話就是字面上的意思。她媽媽在懷她的時候意外吞下了一根銀湯匙。

　　小莫莉還在媽媽子宮裡的時候，只要食物吃不夠，就會踢她媽媽的肚子。

迷你馬畢卡索

咚！

「噢！」

有一次，當她媽媽正盡快地把巧克力舒芙蕾鏟進嘴巴裡時，這個小貝比踢得太用力了，結果她媽媽一不小心就把那根湯匙吞了進去。

咚！

咕嚕！

從小莫莉出生的那一刻起，只要她得不到她想要的東西，就會**耍脾氣**。她那對有錢的父母十分寵溺女兒。卡多勛爵和勛爵夫人給了他們的小貝比：

鍍金的尿片

鑲有鑽石的奶嘴

一雙**紅銅靴子**

一件用最柔軟的喀什米爾羊毛
製成的嬰兒連身衣

一臺由**勞斯萊斯**汽車公司
所設計、打造的嬰兒車

一只純銀的童帽

一張手工的桃花心木幼兒床，
鋪著最精緻的絲綢床單

一個**雕花**玻璃奶瓶

一個可以晚上抱著睡覺的**實心大理石**泰迪熊

二十四小時隨叫隨到的**百人交響樂團**，
負責演奏「一閃一閃亮晶晶」來哄她睡覺

隨著年紀漸長，莫莉要求的
東西愈來愈稀奇古怪：

一具可以代她寫所有
作業的**機器人**

一個像**游泳池**一樣大的浴缸

一條在屋頂上的**私人滑雪道**

一套用頂級瑞士**巧克力**打造的餐具，
這樣一來，要是她飯後還覺得餓，就可以順道吃掉盤子和碗

一付純金的太陽眼鏡（不過很可惜，
戴上後她其實什麼也看不到）

一臺像足球場那麼大的電視

一個電視機大小的足球場（不太管用）

只要是她行經的路上，
都要灑上**玫瑰花瓣**

一套**噴射背包**，
好讓她不用爬樓梯

在花園裡有一棟她自己的**兒童遊戲屋**，
這屋子比他們的住家還要大。

我知道你現在在想什麼：這本書講的是糟糕壞寵物！不是糟糕壞小孩……快回到主題吧！

對不起喔。

還有不要再為了想幫這本書多添點頁數，就搬出落落長的清單。

我已經說對不起了。

不要再說對不起了，快回到主題！

對不起。

你剛又說了「對不起」。 万勢！

這故事是在講當一個全世界最糟糕的壞小孩遇到一隻全世紀最糟糕的

壞寵物時所發生的事情。

有一天，莫莉要求要養一匹迷你馬。不是隨隨便便的迷你馬喔。

「我要這世上**最漂亮**的迷你馬，」莫莉叫道，「因為我是這世上**最漂亮**的女孩！」

於是一匹又一匹的迷你馬被送到女孩面前列隊，但是每一隻馬都能被她挑出毛病。

「太高！太矮！

牙齒外露！牙齒不夠外露！

太肥！太瘦！毛色太暗！毛色太淺！

長得太像馬了！

長得不夠像馬！」

就這樣搞了**好幾個小時**。

莫莉根本**不可理喻**！

正當卡多勛爵和勛爵夫人準備放棄時，最後一匹迷你馬昂首闊步地走進花園。牠毛色是白色的，而馬鬃、尾巴和馬蹄是黑色的。牠的名字叫畢卡索。迷你馬畢卡索是很**漂亮**的小生物，但牠會不知道嗎？牠鼻子抬得高高的，在莫莉面前不停上下甩動牠的馬鬃，彷彿是個正在巴黎伸展臺上走秀的時裝模特兒。

畢卡索走臺步

畢卡索撇嘴

畢卡索搔首弄姿

畢卡索昂首闊步

畢卡索精心打扮

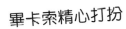

畢卡索噘嘴

畢卡索趾尖旋轉

畢卡索撒尿

畢卡索甩動尾巴轉啊轉，
表演一小段舞蹈。

涙汪汪
米曹米羔壞寵物

咻！唰！呼咻！

最後，畢卡索拉長馬臉，牠自認為拉長了之後會比牠原來的馬臉更好看，但其實有點詭異。

你自己評斷看看吧：

之前	之後

「我最親愛的莫莉，這匹馬可以嗎？」卡多勛爵夫人問道。「牠的名字是畢卡索！」

「嗯……」這個**糟糕透頂**的女孩大聲地自言自語。

迷你馬噴出鼻息，「哼！」彷彿在說「妳怎麼可以拒絕**我**？」

迷你馬畢卡索

「我的小可愛，這是全國最後一匹迷你馬了！」卡多勛爵說道。「如果妳不喜歡畢卡索，那我只能說抱歉了，我的小天使，已經沒有迷你馬可以讓妳挑了。」

「可是牠顏色不對啊！」莫莉大聲說道。

畢卡索用後腿撐起身子，發出震耳欲聾的嘶鳴聲。

「ㄋㄧㄝㄝㄝㄝ！」

卡多勛爵和勛爵夫人沮喪地互看一眼。像這種對獨生女兒無計可施的場面，他們早就碰到不下幾千次了。

「好吧，親愛的，妳希望畢卡索是什麼顏色？」父親問道。

「有白有黑！」她大聲說道。

畢卡索表情憤怒。牠的眼睛暴凸、亮出牙齒。

「吼吼吼！」

莫莉的父親再次打量這匹迷你馬。「我的小天使，牠有白有黑啊！」

「你這個笨蛋，牠是有黑有白！」莫莉吼道。

「ㄋㄧㄝㄝㄝㄝ！」迷你馬嘶鳴，同時用馬蹄撞自己的頭。

碰！

「噢，我可愛的公主，所以妳是希望畢卡索是黑色的，

但馬鬃、尾巴、和馬蹄是白色的？」母親問道。

「**沒錯！管家！**」莫莉喊道。

老管家哈伯拖著腳走過來。

「小姐，請問有何吩咐？」

「去城裡買黑色和白色顏料，

勞斯萊斯車能塞多少就買多少！」

「ㄋㄧㄝㄝㄝㄝㄝ！」畢卡索嘶鳴道。

「好的，小姐！」管家回答，又拖著腳走了。

「**看在老天爺的份上，哈伯！給我快一點！**」

老先生盡可能加快腳步，但是這就像一隻樹獺正在

追一隻蝸牛一樣，很……慢……很……慢……

但是哈伯開起車來卻像**惡魔**一樣！

咻咻咻！

反正這輛被狠操的勞斯萊斯車又不是**他的**！

沒過多久，管家就載著一車子顏料回到**卡多莊園**。

迷你馬畢卡索

「妳不會真的要把顏料塗在這匹馬身上吧?」父親問道。

「對啊!」莫莉回答。

「那對動物太殘忍了!」母親說道。

「你們買的馬顏色不對,你們對我才殘忍吧!」

「可是把顏料畫在任何動物身上,都是不對的。」父親說道。

「我不管!」她一邊吼,一邊領著她的寵物馬進入穀倉。

儘管畢卡索不斷揚起後腿踢打,莫莉還是把牠白的地方塗成黑的,黑的地方塗成白的。

之前

之後

「好了!」莫莉說道,同時帶著畢卡索走出穀倉。「現在讓我們看看你跑得有多快,你這個傻大個兒!」

　　她先往後退，再向前助跑了幾步後往上跳，紮實地落在迷你馬的馬背上。

　　碰！

　　「ㄋ－ㄝㄝㄝㄝㄝ！」馬兒嘶鳴出聲，同時橫愈草地，開始馳騁，躍過樹籬，朝田裡奔去。

　　「快叫牠停下來！快叫牠停下來！」莫莉大叫。

　　她用力拍打畢卡索的後臀，想讓牠停住。

　　啪！

　　結果卻起了反效果，這匹馬奔馳得更快了。

迷你馬畢卡索

畢卡索露出邪惡的笑容。牠顯然樂得抓住機會，好嚇嚇這個可怕的女孩！

「**救命啊！**」莫莉大叫。

咻咻咻咻咻咻咻咻咻咻咻！

卡多勛爵和勛爵夫人眼睜睜看著他們的女兒消失在遠方。

「我好像應該**做點什麼**吧。」父親評論道。

「別急，」母親說道，「也許我們應該先喝點茶，吃點司康，欣賞一下眼前美景。」

「哈伯！」父親喊道。

老管家蹣跚走了過來。

「老爺，請問有何吩咐？」

「請端點茶和司康到草坪這。」

「是的，老爺。」

「還有，等等如果你方便的話，請追上那匹迷你馬，把我們親愛的女兒安全地帶回來。」卡多夫人說道。

「夫人，我會盡力的。」

等到莫莉坐著氣喘吁吁的畢卡索被帶回家時，已經是午夜了。不用說也知道，這女孩的心情糟透了。

「我討厭畢卡索！如果早上以前牠沒有消失的話，我就會尖叫尖叫再尖叫，直到生病為止！」

畢卡索看起來比以前更洋洋得意。牠才不想再跟這討厭的一家子待在一塊兒。牠大搖大擺地走回穀倉裡過夜，尾巴一彈，將身後的門甩上。

啪！

砰光！

正當牠打算在乾草堆上躺下，等待黎明到來的時候，畢卡索瞄到那些顏料和畫筆。迷你馬用嘴巴拾起畫筆。才一會兒功夫，牠就把自己塗回本來的顏色，白裡帶黑，而不是黑裡帶白。

迷你馬畢卡索

之前

之後

　　然後迷你馬決定順勢在馬廄的牆上刷上幾筆。到了黎明的時候，畢卡索已經創作出一幅巨大的……

　　莫莉卡多肖像畫！

　　這幅畫呈現出了女孩放聲大叫時**猙獰可怕**的模樣。

　　「哇啊啊啊啊啊！」

　　畢卡索的名字是取自於那位西班牙畫家，而牠也像那位畫家一樣後退一步，欣賞自己的作品，然後牠咯咯笑了起來。

　　「ㄋㄧ－ㄝㄝㄝㄝ！ㄋㄧ－ㄝㄝㄝㄝ！ㄋㄧ－ㄝㄝㄝㄝ！」

　　畫家迷你馬畢卡索完美捕捉了那個**惡魔小孩**的神情。

莫莉卡多黎明時**氣呼呼**地醒來。

「啊！」

她還在為昨天騎上畢卡索後的遭遇**忿忿不平**。

仍穿著睡衣的莫莉踩著腳走出屋子，穿過草地，朝穀倉走去。

踏！踏！踏！

「我希望那個討人厭的東西已經不見了，不然就有牠好看的！」她吼道。

她爸媽一聽到她說的話便趕緊衝出屋子。當時天色還早，他們還沒找人把畢卡索運走。

在穀倉裡，女孩從畢卡索嘴裡搶下畫筆。「你這隻壞馬！你看你把牆壁畫成什麼樣子！我討厭你！討厭你！**討厭你！**」

迷你馬用後腿撐起身子。「ㄋㄧㄝㄝㄝㄝㄝ！」

勛爵和勛爵夫人跌跌撞撞地衝到穀倉裡，頓時被眼前的景象嚇呆了。

莫莉手裡拿著畫筆，站在一幅**令人驚艷**的畫作面前。「我的老天爺！」母親大聲喊道。「太驚人了！」

「什麼?」莫莉質問道。

「我們親愛的女兒是一個**繪畫天才**!」父親補充道。

「一個什麼?」女孩問道。

「莫莉，我們本來以為妳一事無成，原來是我們大錯特錯！」母親說道。

「她的天賦無與倫比！」父親附和道。

「什麼天賦？」莫莉一頭霧水地問道。

「繪畫啊！妳身後的自畫像是妳畫的，不是嗎？」

莫莉轉頭一看。「是啊！」她撒謊道。

「ㄋㄧㄝㄝㄝㄝ！」畢卡索抗議，憤怒地搖搖頭。

這對父母趕緊衝過去抱住他們的女兒。「才十歲就能畫出這麼出色的作品。妳將來一定會名揚四海的。」父親說道。

「我會名揚四海？」莫莉說道，眼睛開始發亮。

「而且會變得

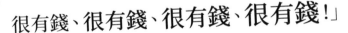

很有錢、很有錢、很有錢、很有錢！」

母親補充道。

「是更有錢！」莫莉糾正她。

「我們快把畢卡索送走，讓妳好好作畫吧，我們的**藝術天才**小莫莉！」父親邊說邊要動手帶走迷你馬。

「呃……**先別急！**」莫莉說道。「我已經愈來愈喜歡這匹小馬了，不是嗎？」她靠過去想抱抱迷你馬。

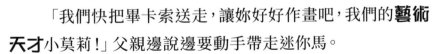

迷你馬畢卡索

「ㄋㄧㄝㄝㄝㄝㄝ！」畢卡索嘶鳴，威嚇地亮出牙齒。

「照我的話做，不然我就把你融了，做成膠水！」她嘶聲說道。

畢卡索勉強擠出笑容。

「好吧，在牆上作畫是一回事，但在畫廊裡秀妳的藝術作品又是另一回事了。」她父親說道。

「我們會派哈伯進城去買 **一百張畫布**回來！」

不一會兒，畫布送來了，穀倉被打造成莫莉卡多的**藝術工作室**。

「我們很樂意留下來看妳作畫！」母親說道。

「相當樂意！」父親附和道。

「不！不！不！」莫莉厲聲回答。「我只有在沒人看我作畫的情況下才畫得出來。好吧，畢卡索例外。現在你們**都出去！出去！出去！**」

話說完，她就把她父母推出穀倉，然後開始動工。

「好了，畢卡索，畫吧！」她下令道，同時把畫筆塞進迷你馬的嘴裡。「幫我畫一百張，否則你就等著看自己變成一管超黏的膠水！」

畢卡索別無選擇。於是在黃昏之前，牠完成了一百幅莫莉的肖像畫。一張比一張更完美地捕捉到她的**殘酷可怕**。

莫莉從畢卡索嘴裡搶下畫筆，在每幅畫作最底下簽上她的名字。

刷刷刷！刷刷刷！刷刷刷！
美術天才莫莉卡多之作

迷你馬畢卡索

接著莫莉朝著穀倉門外大喊：「完工！」
她的父母馬上跑進穀倉。

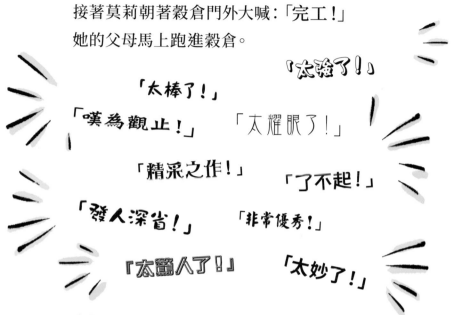

「太強了！」
「太棒了！」
「嘆為觀止！」　「太耀眼了！」
「精采之作！」　「了不起！」
「發人深省！」　「非常優秀！」
「太驚人了！」　「太妙了！」

這對夫妻滔滔不絕地吐出各種讚美。
「我立刻打電話給藝廊！」父親說道。
「我們的小女兒會是有史以來最偉大的畫家！」母親也說道。
「ㄋㄧㄝㄝㄝㄝㄝ！」畢卡索抗議道，同時瘋狂搖頭。
莫莉在迷你馬的耳邊嘶聲道：「你給我乖乖配合，不然就有你好看！」
女孩做出**擠出眼水**的手勢。

不出幾天，莫莉卡多就在一間大畫廊舉辦她的第一場個展。全世界都注意到這個把自畫像畫得**微妙微肖**的十歲女孩。

這一百幅畫作全都以好幾百萬元的價格銷售一空！

莫莉卡多變成富可敵國、**名聲響叮噹**的人物。

她開始上電視！出現在每一本雜誌的封面上！甚至有一部關於她一生故事的電影，叫做：**《有史以來最偉大的女孩莫莉》**！

這電影名稱是莫莉自己取的。

迷你馬畢卡索

但是莫莉終究是莫莉，總是想要**更多、再多、再更多**！

於是可憐的畢卡索被逼著畫出**更多、再多、再更多**的畫作！

油畫布的尺寸也變得更大，於是顏料罐被顏料桶取代。

新的個展收入高達**好幾十億元**！

再接下來的油畫布竟然像房子一樣大，所以得打造一座很高的平臺好站在上面作畫。

為了填滿畫布，用來上色的顏料都是保存在在穀倉地板上的各種**戲水池**裡。

有天晚上，畢卡索自清晨起就跟莫莉站在平臺作畫。那天，牠已經畫了五十幅油畫，可是女孩還是要求牠繼續畫下去。

「再一幅，畢卡索！再一幅！」

迷你馬已經受夠了。牠恨死了這個**可怕**的小孩，拒絕再作畫。牠不滿地呸出嘴裡的畫筆以示抗議。

呸！

結果剛好打中女孩的頭……

砰！

再掉到地板上。

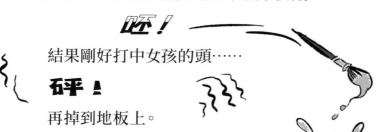

咚！

「把它撿起來！」莫莉尖聲喊道。

「ㄋㄧ－ㄝㄝㄝㄝ！」畢卡索回答。

「畢卡索，不准對我ㄋㄧ－ㄝㄋㄧ－ㄝ叫！如果你不立刻撿起那支筆，我就一直尖叫**再尖叫**，直到我生病為止！」

「ㄋㄧ－ㄝㄝㄝㄝ！」

「撿起來！不然我就踢你屁股！」

畢卡索搖搖頭。牠的雙眼凸出，憤怒到不停拍打耳朵。

「ㄋㄧ－ㄝㄝㄝㄝ！」

「好吧，這是你自找的！」莫莉開口道，同時開始甩動她的腿，準備一鼓作氣地踢過去。「三！二！一！」

就在她的靴子快踢到畢卡索的屁股時，迷你馬竟突然往她靠過去。

碰！

畢卡索把女孩往後推。

「啊！」

這下她快要從平臺上掉下去了，只能不停揮動手臂，就好像試圖要飛起來一樣。

「不要！」她大叫，同時抓住迷你馬的尾巴，深怕跌落下去。

畢卡索暗自竊笑。牠絕對會很享受這過程的。
迷你馬開始不停轉動尾巴,一圈又一圈。

呼咻咻咻咻咻咻!

莫莉卡多緊緊抓住,把它當成唯一的救命索
──也的確是。不久,轉動的速度就快到她的
身影變成一團模糊!

然後迷你馬彈了彈牠的尾巴,莫莉頓時
抓不住,瞬間飛入空中。

「啊!」

呼咻咻咻咻咻!

根據牛頓萬有引力定律,丟上去
的東西,最後一定會掉下來。

「不要啊啊啊啊啊！」她放聲大喊，直接摔進下方的藍色顏料池裡。

嗶啦！

畢卡索終於復仇了！

「ㄋㄧㄝㄝㄝㄝ！」牠用後腿撐起身子，肆意叫喊慶祝這一刻。但是在高臺上用後腿站，也害牠也失去重心，往後摔了下來！

呼咻——

畢卡索直直地墜落進紫色顏料池裡！

迷你馬畢卡索

池子很深，很難爬出來。畢卡索好不容易攀著池邊，安全上岸。正當牠起身站好時，莫莉一把抓住牠的尾巴，把自己拉起來，跳上去騎在馬背上。

但顏料乾得很快，才一瞬，這兩個冤家就發現他們不只**黏在一起**，還被黏得**動彈不得**。被困在一起的他們活像是一尊雕像。

到了黃昏時，卡多勛爵和勛爵夫人大步走進穀倉。

「莫莉！」父親喊道。

「親愛的，妳在哪裡？」母親問道。

莫莉被顏料黏得**無法動彈**，也無法發出聲音。

「她一定是離開了！」父親一邊在穀倉搜索一邊說道。

「畢卡索也離開了！」母親說道。

「卻完成了這尊**這麼美的雕像**！這是他們獻給這世界的臨別禮物！」

於是莫莉卡多被放在一間全世界最偉大的畫廊裡供人瞻仰。這是對一位偉大藝術家——也是詐騙家——再適合不過的致敬方式。全身被塗成藍色的她看起來活像是一尊巨大的藍色小精靈。

　　莫莉就騎在紫色畢卡索的背上，後者看起來就像是一匹真實比例的彩虹小馬。

　　這就是這世上最糟糕的壞寵物和最糟糕的壞小孩，他們憎恨彼此。而他們受到的懲罰就是被黏在一起。

　　直到永遠。

笨蛋席德的蛇

　　蛇爬到糟糕壞寵物清單榜首位置一路暢行無阻。牠們跟蜘蛛(令人毛骨悚然的小蟲子)、蝙蝠（一大堆跟吸血有關的胡說八道）、鯊魚（喜歡吃小孩）、河馬（體積太大）、和蚯蚓（不太能對話）都並列為這世上的糟糕壞寵物。

笨蛋席德的蛇

所以要是你爸爸或媽媽把
一條蛇帶回家，會發生什麼事呢？

而這就是笨蛋席德所做的
事情。

「孩子們！看看我從酒吧
裡帶回了什麼？」笨蛋席德衝進家門，
大聲喊道。一如往常地，他身上的
衣服的配色和花樣都很不搭。

他看上去很像是摸黑穿上衣服的，他一直以來都是這樣。頭髮亂七八糟，眼鏡戴得歪歪的，左腳穿著右腳的鞋子，右腳穿著左腳的鞋子。是的，笨蛋席德這個人就如同他的名字所暗示的，是個笨蛋。他肩膀上扛著一只麻布袋，裡頭有東西正在蠕動，蠕來扭去[5]，扭去蠕來[6]。

蠕動！蠕來扭去！扭去蠕來！

你猜得出那是什麼嗎？猜到了嗎？哦，對了，故事的標題早就洩露答案了。**該死！真該死！簡直該死透頂！**

好吧，我們就先別破壞他那幾個可憐孩子們的驚喜吧！

笨蛋席德那三個一點都不笨的孩子停止手邊正在玩的蛇梯棋遊戲，興奮地衝過來迎接他。就像大多數孩子一樣，自他們有記憶以來，就一直想要養隻寵物。

「是小貓嗎？」

「是倉鼠嗎？」

「是兔子嗎？」

「慢點！慢點！慢點！」他們的爹地大聲說道，「等著看吧！」

5　蠕來扭去就是扭去蠕來的意思。

6　扭去蠕來就是蠕來扭去的意思。請參考你的**威廉大辭典**。

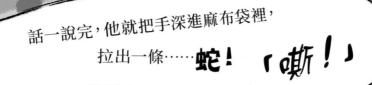

話一說完，他就把手深進麻布袋裡，
拉出一條……**蛇！**「嘶！」

那可不是一般的蛇喔，而是世上
最大型的蛇……**一隻蟒蛇！**這條蛇
吐出蛇信，然後帶著看似微笑的表情
用身體將笨蛋席德纏住……
開始用力擠壓！

緊緊緊！

「**嘶！**」蛇發出嘶聲，
兩隻眼睛喜孜孜地凸了出來。這是
一條很可怕的蛇！

但是笨蛋席德只是不停傻笑。

「啊！」

「救命啊！」

「快把牠丟出我們家！」
孩子們都在尖叫。

「你們在吵什麼？」媽媽喊道，

同時衝進客廳，頭上還戴著髮捲。

　　媽媽的名字是南西。自從南西嫁給笨蛋席德起，這段愚蠢歲月已經長達二十年。她以為她什麼蠢事都見過了，但這次席德做的蠢事更甚以往。

　　「天啊，笨蛋席德，你到底幹了什麼好事？」南西看著那條蛇大聲喊叫。

　　她趕緊動手想把那條蛇從她丈夫身上扳開。這條蛇現在隨時可能把他勒死。

　　「嘶！」

　　「你這話什麼意思？」他天真地問道，這時蛇已經繞在他脖子上。笨蛋席德不知道自己很蠢，由此可見他到底有多蠢。

　　笨蛋席德的一生就是一連串的愚蠢錯誤，大小紕漏不斷！

　　有一次南西叫笨蛋席德去買一品脫的牛奶回來，結果他帶了一輛露營車回家。

　　還有最經典的一次是，笨蛋席德出門時，頭上戴的是花盆，而不是帽子。

或者是席德坐著盯著微波爐看了
一個多小時，一直以為那是臺電視。

又或者他會把**夾腳拖**放進
烤麵包機裡烤，而非兩片吐司。

還有一次他在戲水池裡灌滿了
果凍而不是水。

甚至有一次他在櫥櫃裡睡著，
因為他誤以為那是**他的床**。

其中最糟糕的紀錄是，有一次
笨蛋席德把花園裡的守護神雕像
誤認成他老婆。就這樣他帶著雕像去
度假，卻把老婆留在家裡。

但是在笨蛋席德的所有紕漏裡，帶一條
蟒蛇為回家恐怕是目前為止**最蠢**的一件事。

「小孩想要養寵物啊！」笨蛋席德反駁道。

「不是像這樣的寵物，你這個蠢蛋！」南西厲聲回答，
好不容易才把蟒蛇從他身上扳開。

「**嘶！**」

這條**大蛇**開始沿著地面滑動，孩子們紛紛跳到沙發
後面。

「**嘶！**」

三個孩子的名字叫做包柏、包柏、包柏,保證你一定記得住。笨蛋席德把他的小孩都取名為包柏,因為這樣他才不會忘記他們叫什麼名字,就算其中一個是女孩也一樣。他也企圖用包柏這個名字來稱呼他老婆,但南西堅決不接受。

「不不不不不!」包柏尖叫。

「拜託啦!」另一個包柏喊道。

包柏

包柏

包柏

「我好害怕喔!」女生包柏大叫道。

南西對她的老公吼道:「笨蛋席德,包柏他們想要的是又可愛又可以抱抱的那種,比如一隻小狗!」

「這是小狗啊!」笨蛋席德笑著說道。這男的不是在開玩笑。

笨蛋席德就是有那麼笨。

「你在說什麼?」大家說道(除了那條蛇,不過牠可能也是這麼想)。

蟒蛇往上滑到架子上,又長又厚的尾巴一甩,把書全掃了下來。

「這**不**是小狗,你這個**愚蠢加三級**的笨蛋!」南西吼道。

「是酒吧裡的那個傢伙賊先生便宜賣給我的,他**發誓**這是小狗!」笨蛋席德回答。

「哼,賊先生是看你好騙!你還真的相信他?」

蟒蛇現在 上顛下倒 地從燈罩上吊掛下來。

「嘶!」牠左右搖擺地嘶叫著,顯然對這個新的遊戲場所很是滿意。這環境比麻布袋裡好多了!

「對啊！而且很划算。他說這一窩的最後一隻小狗只要一百英鎊。」

「一百英鎊！」南西大喊。「我受不了你了！」

「我不笨喔，我有問賊先生為什麼小狗這麼大隻，他說這是已經完全長大的小狗。」

「爹地，一個完全長大的小狗就是不是小狗了。」其中一個包柏說道。

「**爹地**，牠不是小狗，**牠沒有毛！**」另一個包柏說道。

「包柏們，小狗生出來就是這樣！」他們的爸爸說道。「沒有毛，這是賊先生說的！」

蟒蛇滑向南西的肩膀，開始繞在她身上。

「**嘶！**」這條蛇嘶叫道，對自己造成的**恐慌**開心到兩眼發亮。

「天……天……天啊！」南西喊道，嚇到牙齒不停打顫。

「快……**快把這玩意兒從我身上拿開！**」

三個包柏趕緊從沙發後面跳出來幫忙媽媽。他們合力去抬蟒蛇的尾巴。但是牠的體型太大，又很**強而有力**，以致於孩子們都被牠高舉到半空中。

「啊！」他們齊聲大叫。

「爹地，牠不可能是小狗！你看牠**沒有腿**！」其中一個包柏喊道。

「等小狗長大了，腿就會長出來了。」笨蛋席德說道。

「嘶！」蟒蛇又嘶聲叫道。牠用分叉的舌頭舔著南西的鼻子。

「如果牠是小狗，為什麼老是**嘶嘶叫**？」另一個包柏問道。

「那只是因為牠還小，還沒學會**汪汪叫**！」笨蛋席德推論道。「來吧，菲多！汪一聲來聽聽！」

「嘶！」蟒蛇看起來十分困惑地嘶叫著。

「**也差不多像了啦！**」笨蛋席德大聲說道。

「你叫牠菲多?」南西大聲問道。她不敢相信自己的耳朵。

「小狗最適合叫菲多了!」

「我再說最後一次,菲多**不是**小狗!」她說道。「笨蛋席德,看在老天爺的份上,你快過來幫忙讓小孩下來,然後再把這玩意兒從我身上**拿開**!」

笨蛋席德就像在摘樹上的蘋果一樣,把這些包柏一個接一個地拔下來。他先讓他們安全落地,再開始用力拉扯這隻寵物的尾巴。

拉拉扯扯!

「**嘶!**」他快速拉開蟒蛇,牠隨即憤怒地嘶叫。

呼──呼!

笨蛋席德的蛇

可憐的南西開始像陀螺一樣原地打轉。

「來吧，菲多，」笨蛋席德喊道，完全不知道自己引發了什麼樣的混亂。「這才乖嘛！我們去**好好散個步吧**！」

然後他就把狗項圈套在他寵物的脖子上（你很難知道哪邊才算是蛇的脖子，因為看起來全部都像脖子），然後再勾上牽繩。「包柏、包柏、包柏、南西，我和菲多去公園囉！掰！」

「嘶！」蟒蛇在地板上一邊被拖行，一邊憤怒嘶叫。

他們離開房間時，南西仍像陀螺一樣不停打轉著。

啊──啊！

「救救救命命命啊啊啊！」

帶著蟒蛇去公園散步，只是席德豢養新寵物過程中的
其中一件**蠢事**而已。

在某個星期天的下午，笨蛋席德帶著菲多去老人之家
探望他年邁的母親。他認為老人家都喜歡摸小狗。

「**嘶！**」

我的媽呀！你絕對沒見過
老人家跑得這麼快的！

快到連助行器都
在地上摩擦出**火花**。

確保寵物**牙齒**
乾淨是很重要的。

於是笨蛋席德帶著菲多去看
獸醫。但是當獸醫企圖清理蟒蛇的牙齒時，她的手臂差一
點就沒了。

滋滋滋！

笨蛋席德的蛇

「嘶！」

嚼嚼嚼！

「救命啊！」

當一天進入尾聲，笨蛋席德都會幫他的寵物洗澡。

「你乖乖！我們來幫你洗得整潔又乾淨！」他會這樣說。

嘩啦！嘩啦！嘩啦啦！

蟒蛇喜歡待在水底下，因此要把菲多弄出澡缸，總是得費很大的力氣。

每次笨蛋席德試圖把牠撈出來，牠就繞住牠主人的手臂，將他一同拖進水裡。

「啊！」

嘩啦！

「嘶！嘶！嘶！」

菲多愈長愈大，最後長到比一臺公車還要長。有天早上，他太太和包柏們被笨蛋席德至今最蠢的一個點子給嚇到了。他把他們集合在客廳以便宣布消息，在此同時，菲多正引發一片混亂。這條蛇沿著窗臺滑行，

尾巴一甩，撞掉了所有花盆。

「嘶！」

它們全都落在包柏們的頭上。

砰！咚！碰！

「噢！」

「啊！」

「哎呀！」

「拜託小聲點！」笨蛋席德開口道。

「謝謝配合，包柏們。我要說呢，由於菲多是隻乖狗狗……」

這時，這條蛇撞掉了架子上最大一只花瓶，

當場砸在南西頭上。

笨蛋席德的蛇

「噢嗚*！*」她放聲大叫。

「南西，我不是要你們小聲點嗎！」笨蛋席德斥責道。

「謝謝合作！我正要說，因為菲多是隻乖狗狗，所以我決定帶牠參加這世上最偉大的狗狗展——**勒弗展**！」

笨蛋席德的家人全都**放聲大笑**。

「**哈哈哈！**」

「我這輩子從沒聽過這麼好笑的事！」

「**太好笑了！**」

「我笑到都漏尿了！」其中一個包柏男孩說道。

菲多瞪著他們，覺得很吵。

「*嘶！*」牠嘶叫出聲，生氣地伸出那根分叉的舌頭。

南西樂歪了。「噢，笨蛋席德，你的愚蠢已經超愈自己，達到一個新高度了！這是我聽過**最蠢**的事情！」

「為什麼？」笨蛋席德問道。因為他太蠢了，根本不知道自己有多好笑。

　　「因為菲多是條蛇啊！」他的家人異口同聲地回答。**「哈哈哈！」**

　　「別再耍白痴了！」笨蛋席德大聲說道。「菲多會贏得**勒弗獎**的，我會證明你們都錯了！」

　　他們又放聲大笑。**「哈哈哈！」**他們這輩子從來沒有笑得**這麼大聲**和**這麼久**過！

　　「我們會在電視機前面看著你們的！」南西咯咯笑。

　　於是笨蛋席德展開了這個不可能的任務。一條蛇到底要怎麼樣才能在**狗狗展**裡獲勝呢？

　　結果……完全**不費吹灰之力！**

　　就讓我來解釋吧……

勒弗展

　　勒弗展就像是犬界的選美大賽一樣。只有最守規矩和最精心打扮過的狗狗才能獲得**最佳勒弗狗狗獎**的榮銜。有來自全球好幾千隻狗參加這場盛會，然後透過電視轉播的魔法播送到世界各地的客廳裡。

　　於是笨蛋席德再次幫菲多套上項圈，但是這條蛇很不爽……

　　「**嘶！**」

　　然後牽著牠走進設置**勒弗展**的展覽大廳裡。

　　這地方到處都是狗、更多狗、更多更多狗。

牠們的飼主也都齊聚一堂，不過狗狗才是**主角**。
牠們都是世界上最受寵的狗狗。

這裡的狗明星有：**馬爾濟斯咪咪**，牠會發送牠
的腳印簽名卡給牠的忠實粉絲們⋯⋯阿富汗獵犬
阿布德爾，牠會舉辦工作坊，教大家如
何吹乾自己的毛髮⋯⋯還有最後一個
也是最重要的：**博美犬波琳娜**，
牠的毛像雪一樣白，牠的耳朵
像小小的粉紅色蝴蝶結
那般挺翹，而且還有
一條最蓬鬆的尾巴。

難怪每年都是波琳娜贏得**勒弗獎**。
這隻博美犬會以一次一千英鎊販售跟牠自拍的時間。
如果你不趕快把費用付清，波琳娜就會咬你的屁股。
牠其實是個邪惡的小狗。

咬！「唉喲！」

就這樣，一條又大又可怕的蛇進入了
犬界的殿堂裡。

　　笨蛋席德帶著菲多一進到大廳，
就引起一陣騷動，

造成了一場

犬界大混亂！

「汪！汪！　　汪！」

大狗小狗都在狂吠。牠們拔腿就跑，
飼主們根本抓不住。狗兒們都猛力扯拉牽繩，
飼主們全都被拉倒在地上。

咻！

　　再肚子著地地被拉著穿過
大廳，衝進街道，一路拖回家！
「停下來！」

只有一隻狗留了下來。就是那隻體型最小、**最愛叫**、又**最兇惡的狗**：波琳娜。

「汪！汪！汪！」

菲多朝她滑過去，一路拖著笨蛋席德。

我滑！我滑！我滑滑滑！

「你乖乖，不要動！」

「嘶！」菲多對著小狗嘶叫。這條蛇向來習慣去嚇牠身邊的動物。但是波琳娜是一隻**很勇敢**的狗，

牠繼續吠叫。

「汪！汪！汪！」

「嘶！」菲多又再次嘶叫。牠的眼睛暴凸，嘴巴張大，有那麼一會兒功夫，那隻狗兒差點就要變成蛇的點心了。

「嘶！」蛇舔舔舌頭。

「走了啦，菲多！」笨蛋席德一邊用力拉著牽繩，一邊下令。但就在這條蛇因為主人的命令而暫時分神時，波琳娜**竟趁機攻擊**！

笨蛋席德的蛇

「汪！汪！汪！」

身為咬屁股專家的牠跑到蛇的後面，努力想找到對方的屁股咬下去，最後改成用力咬菲多的尾巴尖。

嚼！

咬勁大到蛇當場竄到空中⋯⋯

呼咻！

還發出痛苦的嘶叫聲！

「嘶嘶嘶嘶嘶嘶嘶嘶嘶！」

菲多緊咬住掛在天花板上的**勒弗秀**看板！可憐的笨蛋席德吊掛在下面，手裡仍緊緊抓住這隻寵物的牽繩。

「**救命啊！**」笨蛋席德喊道。

波琳娜往前助跑，再奮力一跳。

牠咬到笨蛋席德的屁股，

而且不只是咬一口，而是**兩口**！

嚼！嚼！

兩邊屁股各咬一口。

「*哎唷！*」笨蛋席德痛苦嚎叫。

這激怒了菲多。仍攀住看板的牠把尾巴往下探，一把勾住小狗。

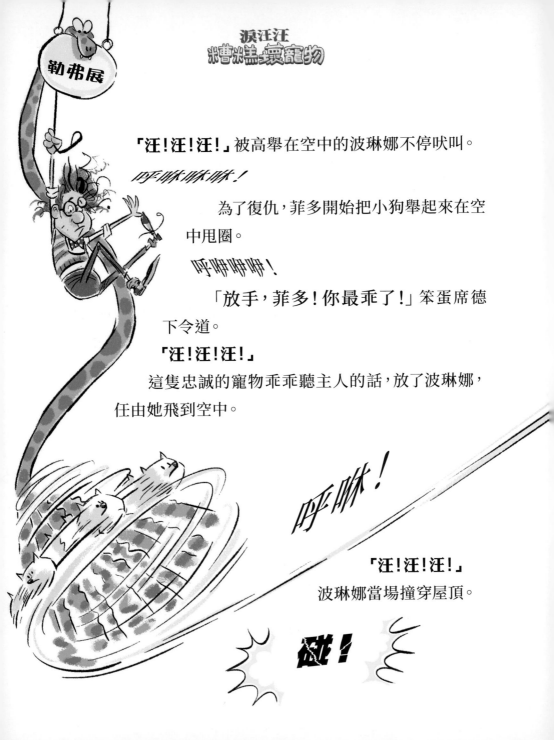

淚汪汪
米曹米盖壞寵物

「汪！汪！汪！」被高舉在空中的波琳娜不停吠叫。

呼咻咻咻！

為了復仇，菲多開始把小狗舉起來在空中甩圈。

呼咻咻咻！

「放手，菲多！你最乖了！」笨蛋席德下令道。

「汪！汪！汪！」

這隻忠誠的寵物乖乖聽主人的話，放了波琳娜，任由她飛到空中。

呼咻！

「汪！汪！汪！」

波琳娜當場撞穿屋頂。

砰！

笨蛋席德的蛇

牠一飛沖天。

博美犬飛行速度快到最後竟墜落在**波美拉尼亞省**（正好是博美犬的家鄉）！

咚！

「汪！」

既然大廳裡一隻狗都沒有，**勒弗夯**的裁判只好逕行宣布得獎者。他們擔心如果不讓這條蟒蛇獲獎，恐怕會被牠勒死。於是菲多贏得全場第一名：**最佳勒弗狗狗獎**的頭銜。

 「嘶！」 蟒蛇嘶叫著歡呼，用尾巴跳來跳去，表演勝利之舞。

蹦！蹦！蹦！

「太好了！」笨蛋席德大聲歡呼，這是他生平第一次完成一件絕對不蠢的事。他伸手環抱住菲多，一起在大廳裡到處旋轉，就好像在舞廳裡翩翩起舞似的。

咻咻咻！

家裡的南西和包柏們透過電視現場轉播張口結舌地目睹這一切。

當這對**獲勝者**終於回到家時，就輪到笨蛋席德和菲多哈哈大笑了，

「哈哈哈！」

「嘶！嘶！嘶！」

「既然菲多已經贏了全球最大型的狗狗比賽了，」笨蛋席德開口道，「你們總算相信牠是條狗了吧？」

南西和三個包柏互看彼此，接著異口同聲地說：「不相信！」

「你們真是太蠢了！」笨蛋席德說道。他轉向菲多，後者也點頭附和。

大灰熊之謎

你覺得哪種動物算是這世上最糟糕的壞寵物呢？

這是一個關於兩個小孩決定把這**世界上最可怕**的動物其中之一帶回家的故事。

一頭大灰熊。

接下來發生的事可能會驚嚇到你。

大灰熊之謎

　　故事一開始，我要先跟你介紹這兩個孩子。他們是雙胞胎：一男一女，叫做米羅和露易絲。他們跟兩位父親住在山頂一棟風車房裡。從那裡可以俯瞰下方一座**幽暗的森林**。

　　現在說回到這兩個孩子身上，他們兩個總是不停哀叫、哀叫、再哀叫他們**沒有**寵物。

　　當地村子裡的其他所有小孩都有寵物。有人養狗、養貓、養兔子、養雪貂、還有人養老鼠。其中有個小孩甚至養了**一隻老鷹**！所以露易絲和米羅不斷哀求兩位父親，他們叫其中一位爹地，叫另一位爸爸。

　　「爹地，為什麼我們不能養寵物？」露易絲哀求道。

　　「不公平！」米羅補充道。

　　這是他們每天早上醒來說的第一件事，也是他們晚上上床睡覺時會提的最後一件事。日復一日，他們每天一直一直一直說著想要養寵物。

　　最後，他們的兩個父親快被他們搞瘋了。於是有天晚上，當孩子們一連好幾個小時不停央求要養寵物時，他們終於讓步了。

　　「**好啦！好啦！**」爹地冷不防答應了。

　　「你們可以養寵物啦！」爸爸補充道。

　　「好ㄟ！」　　　雙胞胎大聲叫好，互相擁抱。一時之間就安靜下來了。

　　「總算耳根清淨了！」爹地大聲說道。

　　「可是我們要養什麼寵物呢？」露易絲興奮地問道。

　　「噢，你們想養什麼動物都行。」爹地回答。

　　「只要別再煩我們就行了。」爸爸補充道。

　　事後證明，**他們犯下大錯了**。我的意思是**釀下大禍！**這兩個雙胞胎不敢相信地看著彼此。

　　「爹地，想養**什麼動物都行**嗎？」露易絲問道。

　　「什麼都行！」他回答。

　　「**爸爸，你保證？**」米羅說道。

大灰熊之謎

「我們保證！」爸爸宣布。

「太好了！」雙胞胎大聲喊道。

然後沿著又長又蜿蜒樓梯快步跑上風車屋最頂樓的臥房。

既然他們現在想養什麼寵物都可以，那麼如果挑一隻多數小孩都會養的寵物，比如狗、貓、老鼠，就好像顯得有點蠢了。於是兩個人一起坐在地毯上，從他們最喜歡的那本圖書：**《令人毛骨悚然的野獸大全》**裡尋找靈感。就像多數孩子一樣，比起友善的動物，這兩個雙胞胎對**可怕**的動物感興趣多了。

「殺人鯨是地球上最**可怕**的動物之一！」露易絲讀道。

「那我們來養一隻吧！」米羅說道。

「我們要放在哪裡養啊？」

「當然是浴缸啊！」

「那洗澡的時候怎麼辦？我可不想跟**一頭大鯨魚**共用浴缸！」女孩說道。

於是提議失敗。

不養殺人鯨。

「**妳看！**」米羅大聲說道。「這裡寫河馬一年下來殺人的人數比鯊魚吃掉的人還多！」

「哇！那我們來養河馬吧！可是等一下，誰要負責撿河馬的大便？」露易絲問道。

提議失敗。

不養河馬。

「我知道！我知道！我知道了！」露易絲邊喊邊把書搶了回來。「我們應該養鱷魚！」

「那誰來清理牠的牙齒？」米羅問道。

這提議也宣告失敗。

不養鱷魚。

就在雙胞胎再也想不出到底要養什麼動物的時候，他們翻到了**《令人毛骨悚然的野獸大全》**最後一頁，看到了恐怖的大灰熊圖片。

大灰熊之謎

「米羅，我找到了！」露易絲驚呼道。「你看！」
米羅打量圖片裡的生物，頓時緊張起來：

濃密的毛髮

厚實的後背

冰冷、幽黑的
眼睛

肥厚的屁股

又大又濕
的鼻子

尖銳的
牙齒

龐大的體型

巨大的腳掌

長長的爪子

「妳不覺得大灰熊對我們來說有點太**毛骨悚然**了嗎?」他問道。

「**胡說**!養了牠就像有了一隻活生生的泰迪熊啊!」

「那真的**很大隻ㄟ**!」

「**的確很大隻**!」

「而且會吃人!」

「這世上沒有誰是完美的!」露易絲回答,同時啪地一聲關上書。「就這麼說定了!我們要養一頭大灰熊當寵物!」

米羅虛弱地笑笑,他不想在自己的妹妹面前表現得像是個膽小鬼。

但現在他們要怎麼找到一頭大灰熊呢?

據說森林裡住了一頭,不過從來沒有人見過牠。但一定有地方可以買到大灰熊吧!但問題是到哪裡買?

兩個孩子一點頭緒都沒有,於是跑去問他們的父親們。

「你們說養什麼?」爹地緊張地問道。

「**熊**!」露易絲說道。

「一隻泰迪熊嗎?」爸爸問道。

大灰熊之謎

「不是，一頭真正的大灰熊！」

兩個男人當場噴出嘴裡的咖啡。

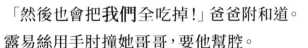

噗啦啦！

「你們不能養一頭真正的大灰熊當寵物啦！」爹地說道。

「為什麼不行？」露易絲追問道。

「因為大灰熊是野生動物，不是寵物！」爸爸回答。

「牠會是這世上**最糟糕的寵物**！」爹地補充道。
「牠會吃光我們的家！」

「然後也會把**我們**全吃掉！」爸爸附和道。

露易絲用手肘撞她哥哥，要他幫腔。

「可是你們答應過我們的，我們要養什麼
寵物都行！」米羅說道。

「是啊，但是再怎麼樣我也沒想到
你們竟然選了一頭大灰熊！」
爹地氣極敗壞地說道。

「不公平！」露易絲邊說邊跺腳，
力道大到牆上照片都掉了下來。

咚！

「好吧，好吧，我們會想想辦法的，
對不對啊，爸爸？」爹地說道。

「我們想得出辦法嗎？爹地？」爸爸反問
道，聽起來沒有什麼說服力。

「你們兩個，快上去睡覺！我們早上再好好計畫！」

如果這兩個父親以為一覺醒來，孩子們就會忘了這件
事，那他們就大錯特錯了。黎明時，雙胞胎走進他們的房
間，在他們的床上跳上跳下地追問……

「熊！熊！熊！」

「好啦！好啦！」爸爸說道。

「冷靜！」爹地才說完，從枕頭裡掉出來滿天飛的羽毛
就搞得他一直打噴嚏。

「**哈哈哈哈啾！**現在我要和爸爸討論一下，
晚一點再帶你們去一家**很特別**的寵物店……」

大灰熊之謎

「太好了！」孩子們大叫。

「要是他們剛好有一頭大灰熊，也許……只是說也許喔……到時我們就能養一隻了！」

「太棒了！」

孩子趕忙上樓回到臥室，玩起恐龍大戰的遊戲。

「吼嗚嗚嗚！」

「咇咇咇嗚！」

幾個小時過去了，爹地終於叫他們下樓。「該出門了！」

他們騎著四人座的腳踏車（或稱四人腳踏車）前往寵物店。

那是一家座落在當地村落盡頭的奇怪小店，孩子們以前從來沒見過。前面的招牌寫著：

彼得寵物店

爹地給了他們一些錢，然後說：「你們先進去吧，我們得先離開，可是你們出來的時候，爸爸會在這裡騎腳踏車載你們回去！」

雙胞胎覺得有點奇怪，但還是推了店門進去。

呀呀！

「歡迎光臨 **彼得寵物店**。」一個留著大鬍子的高個兒男子從櫃臺後面出現。他看起來賊頭賊腦，戴著墨色眼鏡、平頂紳士帽，身上穿著一件皺巴巴的棕色連身工作服。「我叫彼得，進來把門關上吧。」

雙胞胎互看一眼，還是聽話照做了。

大灰熊之謎

彼得把他的墨鏡壓低，仔細打量這對兄妹。「你們是**真的小孩子**吧？」

米羅和露易絲一頭霧水。

「是啊，我們當然是真的小孩。」露易絲回答道。

「只是確認一下，」彼得說道。「我們可不希望這裡出現臥底警察，對吧？」

雙胞胎不知道怎麼回答。

「為什麼警察要來寵物店？」露易絲問道。

「呃……」他開口，同時瞄了那扇髒污的小窗一眼，以防外面有人。「是這樣的，在 彼得寵物店 裡，我們沒有賣你們日常看得到的那種動物……什麼倉鼠啊、沙鼠啊、金魚啊……懂嗎？我們沒有，牠們都太小了，而且很無聊。我們有你們要的……該怎麼說呢……**大型寵物？愈大愈好**的那種。」

「那正是我們要的。」米羅回答，也開始有了信心。

「**太完美了**！你們來對地方了。所以我能為你們做什麼呢？」

彼得爬上一座梯子，這梯子有輪子可以在地板上**快速移動**。櫃臺後面有好多扇木門，看上去就像是巨大的

發出一個粗魯的聲響。

米羅剛放了一個屁！」

猩猩低聲罵道。

「我很慶幸我們沒有

選牠！」露易絲說道。

「不然蛇好了！」

彼得提議。

寵物店老闆條地打開

另一扇門，一條大蛇突然

伸出長長的脖子，直盯著

雙胞胎瞧。

碰！地摔出木門，朝他們

聖誕節倒數日曆。他一說
話，一邊啪啪地打開其中一
扇門，展示示籠物。

「要不要大象？」
彼得提議道。

令雙胞胎驚訝的是，
竟然有一條長長的象鼻從打開
的木門裡頭伸出來，拍拍
雙胞胎的頭。

砰！砰！砰！

雙胞胎害怕地互看彼此。

「還是要大猩猩？」彼得
提議道，又猛地打開另一扇門。

大猩猩八成很想惡作劇，
因為牠毛茸茸的屁股拚命打著鼓

「對不起，彼得先生，但這些動物都不夠**嚇人**！」露易絲開口道。「你有熊嗎？」

「熊？」彼得慌張地說道。

「大灰熊！」米羅說道。

「你們確定……」

「**我們確定**！」露易絲回答，同時用手肘推推她哥哥。

「是啊，沒錯！」他附和道。「相當確定！」

「好吧，我來看看我這裡有沒有一頭大灰熊！」

寵物店老闆打開另一扇門，一頭可怕的大灰熊突然探出牠那顆大大的頭顱。

「**吼嗚嗚嗚！**」牠嘶吼道，音量大到

整間 彼得寵物店 為之搖晃。

嘎嘎搭搭！

露易絲趕緊躲在米羅後面，米羅也趕緊躲在露易絲後面，他們就這樣輪流躲在彼此後面，速度愈來愈快，最後身影**模糊**成一片。

大灰熊之謎

「小鬼，你們不是說想養一頭大灰熊嗎？」彼得問道。

「是啊，可是……」米羅正要開口。

「可是什麼？」

「我們是說過我們想要養一頭大灰熊當寵物沒錯，就是這樣！」露易絲說道，同時又跑去躲在米羅後面。

「你們確定？」彼得說道。

「我們很確定，對不對，米羅？」露易絲問道。

「**吼嗚嗚嗚！**」大灰熊又開始大吼。

整間店又開始搖晃。

嘎嘎搭搭！

米羅搖搖頭。

「你看，我哥哥也同意！」露意絲大聲說道。

「好吧，那你出來吧！」彼得喊道。他打開身後那扇門，一頭**超大的**大灰熊搖搖晃晃地登場了。

「**吼嗚嗚嗚！**」牠再次大吼，同時用後腿站起來，朝牠們蹣跚走去。

雙胞胎站在原地，嚇得不敢動彈，這時大灰熊當場給了他們兩個來了一個熊抱。但牠抱得太緊了，緊到他們覺得都快吸不到空氣了！

「牠有名字嗎?」整顆頭埋進濃密棕毛裡的露易絲尖聲問道。

「格莉賽達!」彼得回答。「大灰熊格莉賽達。」

「牠要多少錢呢?」被大灰熊擠壓得兩眼幾乎快爆出來的露易絲問道。

彼得看著女孩手裡的錢。

「就那麼多!」他邊說邊拿走她手裡的錢。「好了,你們的爸爸很快就來了!」

「你怎麼知道?」露易絲追問道。

「嗯……呃……」老板氣急敗壞地說。「你們在外面下車時,我有聽見你爹地這樣說。

「喔。」露易絲說道,但其實不太相信他。

寵物店老板彼得趕緊回到自己的櫃臺,這時大灰熊用巨大的腳爪牽住孩子們的手,領著他們走出店門。

不一會兒,爸爸從 彼得寵物店 後面繞出來,看上去有點上氣不接下氣。

「所以你們兩個真的想養一頭大灰熊!」他一臉震驚地說道。

「吼嗚嗚嗚!」大灰熊吼道。

大灰熊之謎

「沒……沒錯!」雙胞胎回答。

「你們確定你們想帶你們的新寵物回家?」

孩子們看看彼此,然後說:

「沒錯!」但是他們眼裡的驚恐卻透露不一樣的答案。

「來吧,我們都上車吧!」

三人一熊全都坐上四人座腳踏車。爸爸坐在最前面,然後是米羅和露易絲,大灰熊坐在最後面。令人驚訝的是,格莉賽達竟然很會騎腳踏車。他們騎車穿過村莊,一路上相當引人注目。

村民們全都停下來看這三人一獸的奇怪組合。

爸爸一邊踩著踏板一邊說：「四人座腳踏車後面載著一頭大灰熊，還能一付若無其事的樣子，這感覺棒極了！」

話說完，他就朝牧師揮揮手，大聲喊道：「牧師，這真是個美麗的早晨啊！」

一位老太太路上看到熊，嚇得她騎著三輪車直接衝進樹籬裡。

窸窸窣窣！

一位麵包師傅手裡的多層式結婚蛋糕直接掉在地上。

啪搭！

一名警察驚詫得往後一倒，跌進村裡的池塘。

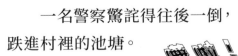

嘩啦！

大灰熊之謎

　　他們騎著腳踏車沿著小路穿過森林。當他們經過
幽暗的森林深處時，林子裡傳來窸窸窣窣的聲響。

　　唰唰唰唰！

　　高聳的樹林裡有吼聲在迴盪。

　　「吼吼吼嗚嗚嗚！」

　　他們四個沒敢出聲，趕緊加快腳踏板的
速度，速速離開此地。

　　呼咻！

不一會兒，他們就抵達山頂的風車屋。

「好了，格莉賽達，」露易絲說道。「這是你的新家！」

「吼嗚嗚嗚！」格莉賽達吼道。

露易絲帶頭領著她的新寵物進到風車屋裡，但是格莉賽達有自己的想法，牠跳上正在轉動的風車葉片上。

呼咻！

「吼嗚嗚嗚！」在空中旋轉的
格莉賽達開心地咆哮著。

「不行！格莉賽達！」米羅大叫。

「快下來！」露易絲也喊道。

但那頭熊還是在上面轉呀轉的。

「我早就警告過你們，
大灰熊**不能**當寵物。牠是野生動物！」
爸爸說道。「牠不會聽你們的話！」

呼咿咿咿咿！

「那我們要怎麼辦？」米羅央求道。

「熊喜歡吃蜂蜜啊，也許我們可以用蜂蜜引誘牠下來！」

爸爸才說完這句話，米羅就衝進風車屋裡，手裡拿著一大罐蜂蜜回來。

大灰熊之謎

「格莉賽達！有蜂蜜！」他大喊。

那頭熊立刻跳下地面，發出**砰**地一聲巨響。

「吼嗚嗚嗚！」

格莉賽達伸出巨掌，從米羅手裡一把搶過蜂蜜，倒進嘴裡。

咕嚕！咕嚕！咕嚕！

然後順手把吃了一半的蜂蜜罐丟到一旁。

罐子沿著山坡滾下去……

框啷！框啷！框啷！

蜂蜜一路滲漏。

漏漏漏！

這時格莉賽達看起來好像快打噴嚏了。

「啊啊啊……！」牠一直啊……最後連打三個噴嚏。

「啊啊啾！」

啪嗒！

雙胞胎驚訝地望著彼此。他們才養了五分鐘的寵物，結果全身已經都被熊鼻涕噴濕了。

而這還只是開始而已！

一進到風車屋裡，這頭大灰熊
就製造出更多混亂。

格莉賽達伸出牠那又長又滑的
舌頭去舔臥室窗戶，弄得玻璃上都是
熊口水……

我舔我舔我舔舔舔！

「好噁喔！」

牠還把自己縮成球狀，
朝雙胞胎滾過去……

隆隆隆隆！

把他們當保齡球瓶撞。

咚！砰！

「好痛！」

「好痛！」

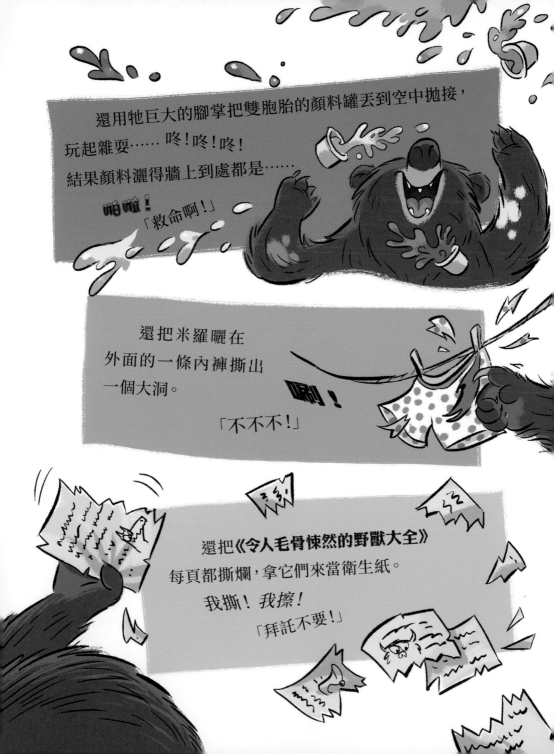

還用牠巨大的腳掌把雙胞胎的顏料罐丟到空中拋接，

玩起雜耍……咚！咚！咚！

結果顏料灑得牆上到處都是……

嘩啦！

「救命啊！」

還把米羅曬在
外面的一條內褲撕出
一個大洞。

唰！

「不不不！」

還把《令人毛骨悚然的野獸大全》
每頁都撕爛，拿它們來當衛生紙。

我撕！我擦！

「拜託不要！」

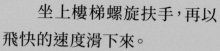

坐上樓梯螺旋扶手，再以
飛快的速度滑下來。

呼咻！

「吼嗚嗚嗚！」

「格莉賽達！！」

跑到他們的上下鋪的上層不斷彈跳，
直到床身斷成兩半。

蹦！蹦！蹦！

啪搭！

「不要跳了！」

把他們錫罐裡的巧克力餅乾
全吞下肚……

嚼！嚼！嚼！

甚至連錫罐也吞進肚子裡。

框啷！

「求求你別鬧了！」

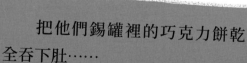

餅乾

表演跳水特技，從馬桶上跳進澡缸裡。

噗通！

「格莉賽達！」

還把毛茸茸的濕屁股抵住浴室鏡子，用它來擦乾自己。

唧唧歪歪！

「不要！」

　　在這整個可怕的過程裡，雙胞胎始終看著他們的爸爸，希望他想辦法阻止！可是爸爸只是苦笑看著這頭熊製造混亂。

　　當格莉賽達決定來個助跑，然後砰地跳上沙發，害雙胞胎瞬間彈飛到天上的時候，情況已經變得無法控制了。

咚！

呼咻！

「咿呀！」

他們**砰**地一聲屁股著地，跌在地上。

米羅朝他爸爸爬過去。「爸爸，拜託啦！」他哀求道。「快叫牠**停下來**！」

爸爸看向他女兒。「妳覺得呢？露易絲？」

「我沒辦法思考，**我的頭好痛！**」

「那我們把格莉賽達送回 彼得寵物店，看看能不能退錢。好不好？」

「好！」雙胞胎喊道。

「但我在想我們應該把牠留下來。」他說道，同時看著那頭躺在沙發上的動物。

「什麼？」孩子們不敢相信地追問道！

「因為牠不是真正的大灰熊格莉賽達，對吧？」

大灰熊搖搖牠的頭，然後把頭套拿了下來。

是爹地！

「爹地！」雙胞胎大叫。

「我一直都藏在裡面！」爹地說道。他和爸爸擁抱彼此，互相親吻。**遊戲結束！**

大灰熊之謎

「可是為什麼?」露易絲問道。

「因為我和爸爸不能讓你們養一頭真正的大灰熊,對不對?

「那會是這世上**最糟糕的壞寵物**!所以我們決定跟你們開個玩笑!」

露易絲和米羅看看彼此。

「所以爸爸,你就是那個彼得?」露易絲問道。

「答對了!」爸爸回答。

「那那些動物呢?」

「是**我**操縱的玩偶!」爹地說道。

「好吧,我們已經學到教訓了。我們**絕對不會**想把大灰熊當寵物養了,對吧,露易絲?」米羅問道。

「**再怎麼樣我也絕對不養了!**」露易絲補充道。

「感謝老天!」爹地回答。「不過我是很喜歡當格莉賽達啦!」他補充,同時戴回頭套,發出他最擅長的熊吼聲。

「**吼嗚嗚嗚!**」

這四個人坐在沙發上,相親相愛地抱在一起。

這時出現突然出現一個聲響。

叩!叩!叩!

「那是什麼啊?」露易絲問道。

「什麼是什麼啊?」爸爸問道。

「有人在敲窗戶!」米羅小聲說道。

這一家人全轉頭去看,結果看見一頭活生生的大灰熊站在外面!

「**吼嗚嗚嗚!**」牠放聲大吼。

牠的個頭比格莉賽達還大,正拿著從山坡上滾下去的蜂蜜罐,臉上咧開一個超大的笑容,直盯著格莉賽達看。

大灰熊之謎

「一……一定是從森……森林裡跑……跑出來的。」爹地慌張說道。

「格莉賽達，我覺得牠喜歡你。」露易絲補充道。

「我？」穿著大熊裝的爹地大聲說道。

就在這時，那頭熊突然推開前門。

　　全家人在沙發上嚇得不敢動，而這時大灰熊竟在格莉賽達旁邊一屁股坐下來。咚！

　　大灰熊的重量重到其他三人立刻**咚**地一聲彈起來。

咚！咚！咚！

　　大灰熊伸手抱住格莉賽達，深情款款地看著牠，還把頭埋在對方的假毛皮裡。

　　「噢，我好喜歡牠喔！」米羅說道。

　　「我也是！」露易絲補充道。「我們來養牠吧！」

兩個爹地面面相覷，
一臉驚恐！

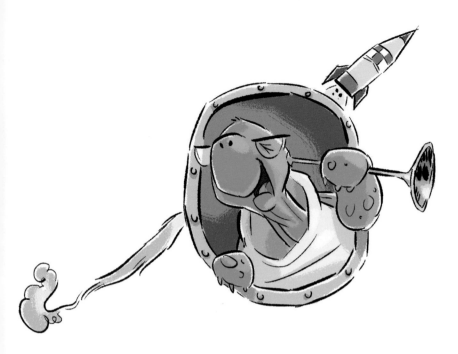

超音速龜咻鳴

　　一開始只是一顆蛋。接著那顆蛋裡生出了一隻陸龜。在時間的迷霧深處，一塊被遺忘的大地上，早在盤古開天之前，陸龜踏出了牠緩慢的第一步。然後有一天，人猿從樹上跳下來，人類從此誕生。陸龜成了人類的朋友，也就是寵物。這隻寵物被一代一代傳承下去，直到有一天，牠發現自

超音速龜咻嗚

已被送進了一個叫做布萊恩的男孩手裡。

簡而言之，這隻陸龜已經**很老了**。

老到不可思議。

老到牠戴著一付老花眼鏡，還得靠一支號角狀的助聽器才聽得到，身上的**皺紋**裡頭也有**皺紋**。

然而，相反的，布萊恩並不老……他還是個孩子。不過他是那種小大人。他是一個生性害羞、嚴肅、又很好學的孩子。布萊恩的頭髮分線梳得整整齊齊，戴著一付金邊眼鏡，**無論天氣如何**，他總會穿著西裝外套和長褲，打好領帶。他總是提早交作業，隨時拎著公事包，就算到海邊遠足也一樣。布萊恩會把他的棉花糖放進公事包裡，這麼一來就可以趁風小的時候享用。

因此他的爸爸媽媽（布萊恩和布萊安娜）覺得陸龜對他們的兒子來說應該是**最完美**的寵物。

牠很安靜，跟布萊恩一樣。

牠走得**很慢**，從來不會跑來跑去，跟布萊恩一樣。

牠從不離開自己的殼。

還是跟布萊恩一樣。

陸龜

布萊恩

這隻陸龜被買來當成男孩的十二歲生日禮物。

陸龜普遍被認為是這世上最棒的寵物之一，到底這個故事為什麼最後會演變成這世上**最糟糕**的壞寵物呢？那是因為牠做了陸龜以前**從來**做不到的事！

就讓我們回到故事，看看是怎麼回事吧！

超音速龜啾嗚

　　一如布萊恩的父母所料，年幼的兒子以很嚴肅的態度收下這份被當作禮物的寵物。

　　布萊恩慢慢地、有條不紊地打開盒子，然後這樣說：「這是陸龜。」這可不是一般的陸龜，而是史上最老的陸龜，是你見過**皺紋最多**的陸龜。牠的半月型老花眼鏡就架在鼻子上，牠的喇叭狀助聽器高舉著。

「唉喲！」陸龜喊道，同時從那顆又乾又癟的小頭顱裡伸出粉紅色的大舌頭，檢視周遭的新環境。

「陸龜是爬行動物，屬於**龜鱉目**，這個字其實是來自陸龜的拉丁文。」布萊恩評論道。

男孩說話總是言必有據，簡直像把一整本**百科全書**都吃進肚子裡了。

「布萊恩，你說得對。」爸爸感到驕傲地說道。

「我們想比起電腦遊戲機，你應該會比較喜歡陸龜。」媽媽補充道。她太瞭解她的兒子了。

「媽，你們想得**沒錯**，」布萊恩邊回答，邊查看他的新寵物。「我沒有時間玩電腦遊戲。陸龜確實更讓我**感到興奮**。」

陸龜聽到他這麼說，微微一笑。牠終於有一個懂得欣賞牠的主人了。

布萊恩小心翼翼地抓著龜殼拾起來，但他一碰到龜殼，牠就立刻縮回去殼裡。

「哼！」牠對他哼了一聲。

「噢，牠好像突然害羞了！」布萊恩評論道，也哼了一聲。「我自己會哼一聲是因為我這說法有點滑稽。」

超音速龜啾嗚

「哼哼！」他的爸媽也跟著哼了兩聲。

「好了，爸爸媽媽，謝謝你們貼心的生日禮物。」

說完，布萊恩就拍拍他的新寵物。「時間不早了，容我告辭，我要回房間了。我要參加明天一早的學校遠足，第一站是**科學博物館**，我得休息了。晚安！」

男孩慢慢地爬上樓梯，這時他的父親說道：「我從來沒見過布萊恩**這麼興奮**過。」

「我也沒見過。」看著他離去的媽媽也這樣說道。

「他真是一個討人喜歡的小傢伙！」他爸爸補充道。

「一點也不像他姐姐。」她表情苦惱地說道。

布萊恩躡手躡腳地經過他那可怕姐姐的房間。布萊安娜的房門上，掛著一個自製的大牌子，上面寫著：

布萊恩一走進他那安靜的房間裡，就小心翼翼地將陸龜放在地板上。牠終於又把頭伸出龜殼，緩慢吃力地在地毯上爬，速度慢到如果你誤會牠完全沒有在動，也沒人會怪你。

有那麼一會兒功夫，布萊恩不由得考慮起是否要幫牠買根拐杖來配牠的老花眼鏡和助聽器。

「我要叫你咻嗚！」布萊恩一邊鑽進被裡，一邊宣告。

「我又講了一句滑稽的話！」他補充說道，然後哼了三聲。

「因為咻嗚的意思是飛快的速度，但是你慢到不行！我真是幽默！哈！哈！再一個好了，哈！」

陸龜搖頭，牠已經活了好幾百年，這笑話早就聽過了。

就在這時，布萊恩的房間猛地被打開。

「那是什麼？」十幾歲的女孩指著陸龜大聲質問，後者再次縮回龜殼裡。

砰！

超音速龜咻嗚

「牠是我的新寵物，咻嗚！」

「陸龜超——**無聊的！**」布萊安娜說道。

「**哼！**」咻嗚氣憤地哼了一聲。

「才不是呢，一點也不無聊！」布萊恩回答。

「就是無聊！最爛的寵物！又悶又沒意思到家了！」

「陸龜是全世界**最棒**的寵物！」

「陸龜是全世界**最糟糕**的寵物，反正就是啦！」

「妳怎麼可以這樣說？」

「我當然可以這樣說！」她得意地回答，然後繞著房間一邊跳舞一邊唱著：「陸龜是這世上最糟糕的壞寵物！陸龜是這世上最糟糕的壞寵物！陸龜是這世上最糟糕的壞寵物！」

咻嗚從龜殼裡伸出頭來，想看這女孩唱完了沒。結果她還沒唱完，牠又把頭縮了回去。

「姐姐，請妳安靜點好嗎？」布萊恩請求道。

「**不要！**」她大聲喊道。

「妳會嚇到咻嗚！」

「陸龜取這個名字太好笑了吧!」

「我就是**故意**取個好笑的名字啊!」

「那麼這名字一點也**不好笑**!」

「妳剛剛說很好笑!」

「我沒說!」

布萊恩怒氣沖沖。她的舉動實在令人討厭。「布萊安娜,妳一定要**毀**了我的生日嗎?」

「對哦,是你的生日ㄟ!你這個魯蛇!祝你有個愚蠢的生日!哈哈!」

「妳真是好心!」布萊恩諷刺地回答。

布萊安娜一臉嫌惡地低頭看著她弟弟的新寵物。「這玩意兒最好不要在我房間裡*便便*。」

「我最親愛的姐姐,我不會讓咻鳴去妳房間的。」

「要是這玩意兒敢在我房間便便,我就把牠夾在兩片土司裡頭,再加點蕃茄醬,當成陸龜三明治吃掉!哈哈哈!」

咻鳴對她的說法很不高興。牠把頭探出龜殼,低聲怒吼:「**吼嗚嗚嗚!**」

「到時希望妳不會被龜殼嗆到。」男孩諷刺地說道。「妳這行為太恐怖了,怎麼會有人想吃陸龜啊!」說完,布萊恩就

超音速龜啾鳴

伸手下去把啾鳴撿起來放在床上，擱在他旁邊，遠離他那惡劣的姐姐。

「我就會！只要我房間裡出現牠的大便，我就把牠當午餐吃掉！」

布萊安娜話說完，便甩上她弟弟的房門離開。

砰！

布萊恩摟著他的陸龜，後者看起來受到很大的驚嚇。「啾鳴，你不用怕她！也許明天我不應該把你留在家，單獨跟我姐姐在一起。她一整天都會在家裡復習功課。不然就是挖挖鼻孔然後擦在我的牆上。你想要跟我一起去學校遠足嗎？」

陸龜點點頭，發出哼聲。**「哼！」**

「太好了，啾鳴，祝你有個好夢。陸龜都會夢見什麼呢？萵苣嗎？」

陸龜微笑以對，點頭附和。

「我也會夢到萵苣欸！晚安，啾鳴！」

然後他就關了燈。兩個新朋友平靜地進入夢鄉。

科學博物館向來是布萊恩夢想中的一日遊,因此他一定要確保自己一大早就起床,把衣服穿好,準備出發,還將咻嗚穩當地裝進一個紙盒裡,盒子上戳了幾個可以通風的洞,讓陸龜可以呼吸。

布萊恩在校車前排坐了下來,將紙盒放在他的大腿上,這時科學老師包打聽開始向學生們說明當天的各種規定。

這就好像趕在你有機會犯錯之前,就先把你給責罵完了。

調皮的布好惹是個愛霸凌別人的傢伙,他坐在校車的後排座位上,所以乖巧的布萊恩坐在前排也是相當合理的。

但是布好惹彷彿是怕大家不知道誰是調皮鬼似的,很貼心地拿蘋果核去丟布萊恩的頭來強調一番。

咻!

布萊恩三不五時就會把盒子打開一點縫,查看他的陸龜。他不想讓那個愛多管閒事的老師發現咻嗚。布萊恩已經把學校規定讀得很徹底。雖然陸龜沒有被明文提到,但是布萊恩相當確定牠就像其它所有寵物一樣,是禁止被帶到學校的。

超音速龜咻鳴

「布萊恩，盒子裡面裝什麼啊？」包打聽老師問道，眼鏡後面的那兩隻眼睛都凸了出來。

「老師，沒裝什麼！」他邊說邊趕緊關上盒子，差點夾到咻鳴的鼻子。

「讓我看！」她要求道。

布萊恩吞了吞口水。他從來沒有惹過麻煩。他嘆了口氣，只好打開盒子。陸龜已經縮進牠的龜殼裡。

「那是什麼？」包打聽問道。

「哦，老師，這是我的午餐！」男孩撒謊道。這是他生平第一次撒謊，他覺得快**吐出來**了。

「你的午餐是龜殼？」包打聽老師不敢相信地追問道。

「這不是龜殼。」布萊恩又撒了生平第二次謊。

「那你告訴我是什麼？」

布萊恩的腦筋得動快點。「是一個**超大的**可頌麵包！」

包打聽用她的鉛筆戳了戳龜殼。

「這是**很硬**的可頌麵包欸。」她評論道。

「只是因為不太新鮮了才這樣。」

「如果真像你說的是可頌，那你咬一口給我看！」

布萊恩渾身冒汗。他討厭說謊。可是他是個聰明的孩子，知道怎麼脫身。「妳剛剛才說過，車上不能飲食。包打聽老師，不好意思，我不想違反妳訂下的規矩。」

包打聽老師乾咳了幾聲。

「咳咳咳咳咳咳！小鬼，我會盯著你的！」

然後這位老師就回到自己的座位上。

沒多久，校車開到了布萊恩在地表上最喜歡的地方。

科學博物館到了。

包打聽老師在博物館外的入口處把學生集合起來。

「現在，進入博物館之前先吃完你們帶來的午餐。」

「但是包打聽老師，現在才早上十點！」布萊恩回答。

「我不希望博物館裡面出現食物殘渣！」

「老師不用擔心，我們都是小孩子嘛，所以一離開家門，

超音速龜啾鳴

就把帶來的午餐全吃光了。」布好惹代表全班，大聲回答。

「那就只剩布萊恩了！」

男孩吞了吞口水。

「布萊恩，你可以開始吃你的**超大可頌麵包**了！」

布萊恩打開紙盒，拿出咻嗚。

「哈哈哈！」同學們都在大笑。

「那不是可頌！」布好惹大聲喊道，音量蓋過大家的笑聲。「那是隻海龜！」

「牠是陸龜！」布萊恩屬聲說道，「陸龜住在陸地上，海龜住在水裡。」

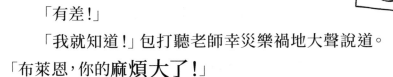

「沒差啦！」

「有差！」

「我就知道！」包打聽老師幸災樂禍地大聲說道。「布萊恩，你的**麻煩大了**！」

「完了！」男孩回答。他從來沒惹過麻煩，更別提**大麻煩**了。

「沒錯，其他同學可以在**科學博物館**好好玩一天！」

「老師，**科學博物館**很無聊欸！」布好惹咕噥道。

「然後，布萊恩，你必須站在這裡，就在博物館外，**面壁思過**！」

「老師，我也可以在博物館外頭面壁嗎？」布好惹興奮地問道。

超音速龜咻嗚

「不行！」

「噢，不公平！」那個愛霸凌人的布好惹嗚咽道。

「走吧，同學們！我們就留這個小騙子在這裡。」包打聽老師說道，同時帶著其他所有學生走進博物館。

布萊恩很想哭。但陸龜有個點子。牠哼了一聲來吸引男孩的注意。**「哼！」**

「咻嗚，又怎麼了？」布萊恩問道。

陸龜指著轉角處某扇**敞開**的小邊窗。

布萊恩把陸龜夾在腋下，鑽進小邊窗裡，然後沿著幾條走廊疾步快走，直到進到**科學博物館**的深處。布萊恩以前就曾來過這裡無數次，所以很清楚哪裡有展覽。他帶著咻嗚直接走過去看他最喜歡的**火箭**。那是真正的火箭，曾經到過**月球**。

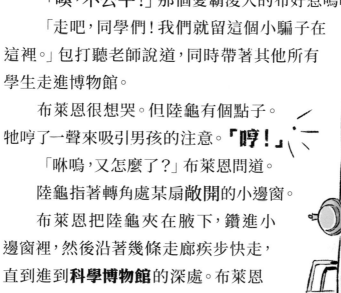

「啾鳴，你看！它真的會*咻咻*地一路飛進外太空欸！」

正當男孩仍在讚嘆之際，陸龜被大廳傳來的吵雜聲給分了神。牠轉頭去看，發現原來是包打聽老師正領著學校那支隊伍過來。啾鳴哼了一聲提醒布萊恩。

「哼！」

男孩一瞄到他們，立刻嘶聲說：「**快躲起來！**」但是沒有地方可以躲。他們剛好站在開闊空間的正中央。「但是要躲哪裡才好？」布萊恩問道。

陸龜用牠的前腳指著火箭。

「可是我們不能進去啊！可以嗎？」

啾鳴點頭的同時，那支隊伍正朝他們接近。

布萊恩趕緊抱住陸龜，低頭穿過天鵝絨布繩索，鑽進火箭裡。正當他爬進又髒兮兮的駕駛座時，他腳一個踩空……

悲劇發生了！

啾鳴從布萊恩的手裡**掉下去**了！

框咚！

「哼！」

陸龜掉進駕駛座後面的縫隙，跌進引擎裡。

「咻嗚！」布萊恩喊道。

這個時候，他突然看見一張臉正隔著舷艙往內窺看。

那是包打聽老師和她那雙窺探的眼睛。

就在這時，他感覺到火箭正在搖晃！

隆隆隆隆隆隆隆隆隆！

布萊恩把頭探出艙口，發現是布好惹搞的鬼。

「現在，誰才是調皮鬼呢？」愛霸凌人的布好惹邊搖晃著火箭邊咆哮道。

火箭裡面，又出現**框咚**一聲！

「哼！」

「咻嗚！」布萊恩大喊。

陸龜竟掉進引擎的更深處，不見蹤影。

隆隆隆隆隆隆隆隆隆！

火箭的**搖晃**害布萊恩也跟著跌倒了。

「啊！」

他跌在控制板上，頭砰地一聲撞上某個按鈕。

卡搭！

突然間⋯⋯

轟隆隆隆隆隆隆！

火箭動起來了！

「不不不！」布萊恩大叫，他想到了咻嗚。那隻陸龜正卡在火箭引擎裡，牠會被燒焦！

但這時更**令人驚訝**的事情發生了！

沒有人比我更**驚訝**，而這一切還是我掰出來的呢！

陸龜竟跟火箭燃料起了

生化反應，結果成了⋯⋯

超音速龜！

啾嗚現在真的可以飛得*啾嗚*快了。

牠全身變成**金色**，在火箭內部飛來竄去，

「**哼！**」牠發出哼聲。

這荒謬的一切讓布萊恩不禁發笑。

「哈！哈！然後再一次！哈！」

啾嗚示意布萊恩抓住牠的背。男孩於是雙手抓住陸龜的龜殼，一同從火箭中竄出，往上飛。

呼啾！

包打聽老師嚇到眼睛都變成了鬥雞眼，耳朵也跟著冒煙，那張臉紅得跟關公一樣，最後竟嚇到**昏倒**了。

咚！

陸龜在半空中穩住身子，布萊恩才小心翼翼地爬上牠的龜殼，把牠當成滑板站在上面。

呼啾！

「你在上面看起來就像個**蠢蛋**！」布好惹從地面上喊道。

「你在下面看起來才像一個**蠢蛋**！」布萊恩從空中喊道。

超音速龜啾鳴

「你給我下來，我要**揍**你一頓！」

「啾鳴，我們**直接**朝布好惹衝過去！」布萊恩下令道。

陸龜微微一笑，聽命行事。牠直接朝布好惹*啾鳴*地直接飛過去。

呼啾！

這個小惡霸大聲尖叫：「不要啊啊啊啊啊啊啊啊啊啊！」

布好惹在**科學博物館**四處亂竄，布萊恩則踩著啾鳴**緊追不捨**。

「**救命啊啊啊啊啊啊啊啊！**」布好惹大聲喊叫。

但其他同學都沒有出手幫他。他們都忙著看這場好戲。看到這個惡霸終於得到他**應得**的懲罰，實在是**精彩過癮**的一場好戲！

布好惹火速橫穿博物館，衝進火山室。裡頭最重要的展覽就是一座巨大的火山模型，高度跟一輛雙層巴士一樣高。裡頭有好幾加侖的正在冒泡蕃茄醬來代替滾燙的岩漿。

正在空中飛行的陸龜和騎在牠背上的
書呆子，追上了那個愛霸凌別人的布好惹，
布好惹跑上火山山腰，試圖逃走。當他抵達
山頂，轉過身來。

「你剛才不是說你要**揍**我一頓！」
布萊恩說道。

布好惹扮了個鬼臉，揮出拳頭，
結果重心不穩，往後栽了進去，
掉進了那池蕃茄醬裡！

撲通！

超音速龜咻嗚

「唉喲！」男孩哭喊道。

「哈哈哈！」其他所有小孩都在大笑，看著全身沾滿蕃茄醬的布好惹從火山裡頭費力爬出來。

超音速龜！

小孩全都為布萊恩還有他的鼓掌叫好。

「太棒了！」

「耶比！」

「幹得好，布萊恩！」

布萊恩很有禮貌地微微點頭，然後問道：「咻嗚，可以請你載我回家嗎？」

陸龜哼了一聲。

「哼！」

牠咻嗚地一聲穿梭在博物館裡，令博物館內的遊客們大為驚訝。

「哇！」

「一隻會飛的陸龜ㄟ！」

「禮品店裡有賣嗎？」

然後*咻嗚咻嗚*地飛出博物館大門，竄上高空。

呼咻！

沒過多久，他們就到家了。

「現在，我們去向姐姐證明陸龜一點也不無聊吧！」布萊恩說道，同時盤旋在布萊安娜的窗外。

「哼！」——啾嗚哼地一聲附和。

布萊恩隔著窗玻璃偷看，發現他姐姐的行為很怪異。她把巧克球放在她房間的地毯上。

「陸龜大便！」男孩大聲道。「她想嫁禍給你！」

「哼！」——啾嗚氣憤地哼了一聲。

「我們來修理一下她吧！」

於是布萊恩靜悄悄地、緩緩地打開她的窗戶，然後騎在啾嗚背上，倒著鑽進去，再啾嗚地在女孩的房間裡飛竄。

呼啾！

不用說也知道，布萊安娜看到她弟弟把一隻

超音速龜！

當滑板騎，簡直嚇壞了。

超音速龜咻嗚

　　她嚇得往後退，踩到被她放在地毯上的其中幾顆巧克力，巧克力球一滾、她的腳一滑，結果整個人往後摔在地上。

咚！

　　「怎……怎麼回事？」她渾身發抖地問道。

　　「我們看到妳在做什麼了，妳想栽贓咻嗚！」

　　「那那那……只是……只是開個玩笑！」她氣急敗壞地說。

　　「好吧，如果妳喜歡開玩笑，」布萊恩說道，「那我們就來看看這能不能讓妳大笑囉！」

　　話說完，男孩就伸出手，把他姐姐拉上 **超音速龜！** 的龜殼上。

　　「咻嗚，請載我們去環遊世界吧！全速前進！」

　　「**不要！**」布萊安娜放聲尖叫。

　　來不及了！他們已經出發了！他們*咻嗚*地從這世上一些著名的建築物上方或下方飛過。

泰姬瑪哈陵！

吳哥窟！　　萬里長城！　　雪梨港灣大橋！

帕德嫩神廟！　　倫敦塔橋！　　大金字塔！

帝國大廈！　　　　　　　　　艾菲爾鐵塔！

聖瓦西里大教堂！

哈里發塔！　　　　　　　比薩斜塔！

超音速龜咻嗚

等到他們環繞全世界至少三圈的時候……

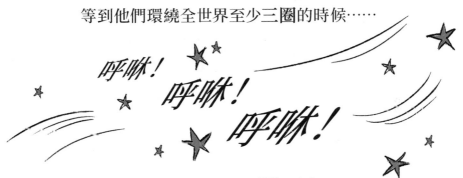

呼咻！ 呼咻！ 呼咻！

布萊安娜開始哀求他們：「停下來！」

於是他們*咻嗚*地一路飛回家，回到布納安娜的房間才落地。

女孩跌坐在地板上。「布萊恩，拜託你，別再來一次了！」

「那妳能答應我，當一個全世界**最好**的姐姐？」布萊恩問道。

「**好！你要我做什麼都行！**」

「妳答應我了？」

「**我答應你！**」

「陸龜是全世界**最糟糕**的壞寵物嗎？」

咻嗚怒瞪著女孩。

「不是啦！」她被逼著承認。「牠們是**最棒**的寵物！」

「**沒錯！**」布萊恩大聲說道。

「哼！」啾嗚哼了一聲。

「好吧，啾嗚，下一站是**月球**！」男孩下令道。

於是這一人一龜*啾嗚*地飛上天，展開全新的**冒險**。

布萊安娜一臉敬畏地望向窗外，看著她弟弟和他的寵物點亮了天空。他們正直接飛向**外太空**。

啾啾啾嗚嗚嗚嗚嗚嗚嗚嗚嗚嗚嗚嗚！